ROUES LIBRES

Du même auteur

Romans

L'Élève troublé, Fayard, 1995.

L'Équipier, Fayard, 1997.

Les Enveloppes, Stock, 1999.

L'Homme de Lyon, Grasset, 2011.

L'Année des volcans, Flammarion, 2014.

Vends maison de famille, Flammarion, 2016.

Le Garçon qui courait, Sarbacane, 2017.

Vous êtes de la famille ?, Flammarion, 2019.

Louis XIV, l'enfant-roi, éditions XO, 2020.

Scarlett, Flammarion , 2022.

Le Temps des Trahisons, éditions XO, 2023.

Essais

Prolongations, Le Castor astral, 2002.

Les Enfants du cinéma, Grasset, 2011.

Ces lieux qui ont fait la France, Fayard, 2015.

Ces autres lieux qui ont fait la France, Fayard, 2021.

Les grandes décisions de l'histoire de France, (directeur d'ouvrage avec Patrice Gueniffey), Perrin / Le Point, 2018.

Révolutions françaises, du Moyen Âge à nos jours (directeur d'ouvrage avec Patrice Gueniffey), Perrin / Le Point, 2020.

« Il fallait bien les aider », Quand des justes sauvaient des juifs en France, Flammarion, 2024.

FRANÇOIS-GUILLAUME LORRAIN

ROUES LIBRES

LES ÉDITIONS DU CERF

Ouvrage édité
par
GUY STAVRIDÈS

www.editionsducerf.fr
24, rue des Tanneries
75013 Paris

ISBN : 978-2-204-16236-4

On peut perdre les pédales, on saura toujours faire du vélo.

Christine Epstein,

Un peu de soleil dans les rayons.

Roues libres :

1. Intervalle plus ou moins long entre deux coups de pédale. Exception à la règle d'un sport qui inflige le plus souvent le supplice de la roue.
2. Temps suspendu de la récupération. Mise entre parenthèses de l'effort. Les roues, qui tournent seules, offrent l'occasion de profiter de la vitesse acquise, de filer dans la pente, grisé par le vent comme on peut l'être par ses paroles.
3. Figure non imposée. Improvisation plus ou moins hasardeuse. Il est en roue libre : se dit, avec une nuance de réprobation, de quelqu'un qui se laisse un peu aller, qui lâche, notamment son esprit. Le délire n'est pas exclu.

PROLOGUES

Le cortège

In memoriam Gino Mäder.

Nous finissons à cinq mais nous devrions être six, se dit le coureur situé tout à gauche, qui franchit la ligne en déposant un baiser sur sa main. Son voisin désigne les cieux. Un troisième, un bras tendu, pointe la même direction. Le quatrième, l'œil humide, joint ses mains pour dessiner un cœur. Le cinquième coureur fait un signe de croix.

Ils ont terminé dans un mouchoir de poche, mais ne seront pas départagés. Ils n'ont pas sprinté et leurs gestes ne sont plus ceux d'un vainqueur. Tout ce qui fait le sel d'une course, la dernière ligne droite, l'explication finale, la rage d'un coude-à-coude, a été remis au lendemain. Aujourd'hui, le seul enjeu est un hommage posthume, cet adieu adressé au sixième, leur équipier, leur copain, mort ce matin, après avoir basculé la veille dans un ravin. *Échappé vers le ciel*, pourrait-on titrer si on osait. Mais on n'ose pas. Le cœur n'y est plus.

Hier encore, ils lui donnaient un bidon. Hier encore, dans cette course de préparation au Tour, ils écoutaient ensemble le briefing matinal. Pour rattraper le temps perdu au classement général, il avait décidé de prendre quelques risques. Mais à la sortie d'un virage, lancé à tombeau ouvert dans la descente d'un col, il est passé par-dessus une rambarde. À prendre trop de risques, on prend trop de vitesse et l'on finit parmi les non-classés définitifs.

Raccourcie à une vingtaine de kilomètres, l'étape a été neutralisée. Neutre, elle ne l'est pourtant guère, à voir son équipe, tête basse, qui ouvre la route, triste privilège réservé aux compagnons orphelins d'un frère d'armes. Derrière eux, les voitures de leurs managers mènent le reste du peloton, les survivants, qui cheminent dans leur chagrin à un train de jeunes sénateurs endeuillés. Ce n'est plus une course, mais une procession, qui sinue pensivement au sein de la campagne, formant cortège.

Aucune attaque ni aucune défaillance à mentionner. Il en sera ainsi jusqu'au terme de ce parcours gelé où les commentateurs font à leur manière l'oraison de l'Absent en retraçant ses débuts, ses engagements, ses maladies, bien dérisoires désormais.

Derrière les barrières, les applaudissements sont un peu moins nourris et, par cette retenue, ils signalent l'écart entre l'enthousiasme et le respect. Un bouquet posthume de roses jaunes est agité à la mémoire de ce coureur si prometteur qui ne pourra plus tenir ses promesses. Quatre lettres barrent une banderole brandie au bord de la route : GINO. C'était son prénom. Inscrites par l'ardoisier, ces mêmes lettres donnent à son rectangle noir une allure de faire-part : seule manque l'avance de l'échappé qu'il faudrait compter en années, voire en décennies.

Le chœur du peloton d'ordinaire si bavard a fait silence. Les bouches sont fermées, à l'unisson des visages. C'est le silence des troupes qui montaient jadis au front se faire tuer. L'onde de choc qui a frappé hier a gagné les coureurs : cela aurait pu être eux. S'ils tournent les jambes, les yeux dans le vague, c'est pour s'assurer qu'ils sont encore en vie.

Leur progression est si lente qu'elle laisse planer un air de menace. Soudé par le deuil, ce peloton minéral qui fait bloc comme une pierre de cimetière évoque les cortèges funéraires d'antan, quand une foule mutique suivait, le pas lourd, la dépouille d'un ouvrier victime d'un accident du travail. De ces collègues qui ne font plus qu'un, monte une colère sourde. Ils en veulent à ces virages télégéniques où ils jouent leur peau jusqu'à parfois l'y laisser. Ils en voudraient presque à leur sport pour ses risques démesurés au regard de ses gains de temps sans intérêt. La montagne est belle, mais meurtrière. Les funambules tombent parfois de leur fil.

À mesure qu'il en termine, le peloton, plein de révérence, s'incline devant la photo de Gino, accrochée au-dessus de la ligne d'arrivée qu'il ne franchira pas. Aujourd'hui, ces hommes-fusées auront été exagérément lents. Leur manière de porter un brassard noir. De dire aussi leur peur et leur impuissance. Leur réponse à ces vitesses insensées affichées par le compteur des motos qui peinent à les suivre dans leurs exercices d'équilibristes. Le spectacle continue ? Il a fait relâche. Pour conjurer le sort, il s'est mis au point mort.

Questions sur un champion

J'admire depuis bientôt un demi-siècle. D'emblée, mon admiration s'était portée vers ces demi-dieux, qui ferraillaient bien au-delà d'un stade. À la force du mollet, ils avalaient des espaces infinis. Mon enfance claquemurée enviait leur liberté, leur agilité, leur élégance, leur insolence à écumer en bande plus ou moins organisée des routes inconnues. J'avais six ou sept ans et sans soupçonner leur souffrance, je m'évadais sur leurs porte-bagages. L'enfant ignore l'effort, il ne connaît que l'aisance du rêve et de ses folles chevauchées.

Après chaque étape, une manie du calcul mental me faisait actualiser les écarts d'un classement général que la télévision ou le net ne fournissaient pas encore. Seul le Minitel, qui en était à ses balbutiements, s'y risquait. Je m'éclipsais vers un local voisin, la Providence, ou quelque haut fonctionnaire ministériel, ayant désigné ma commune parmi les villes pilotes. Personne ne manifestant d'intérêt pour ce nouvel outil, je trônais, solitaire, devant l'écran magique qui crachait le dernier bulletin de cette Grande Armée à deux roues. *Le Parisien* était alors le seul journal à *mettre en ligne* des classements aussi passionnants qu'une guerre de positions ou une course de petits chevaux. Le Tour était ma *Guerre des Étoiles*, une aventure cosmique dont je me flattais d'être le petit comptable.

À peine l'étape terminée, j'attendais le départ de la prochaine. Pourquoi ne repartaient-ils pas sur-le-champ ? Mais la suite du feuilleton ne passait que le lendemain, il fallait laisser reposer tous ces valeureux. Je découvrais l'addiction. J'apprenais la patience. En rongeant mon frein, je plaignais les malheureux, compromis par une sévère défaillance. Je m'enflammais pour de nouveaux favoris qui s'étaient dévoilés. Je conjecturais des renversements de situation. Ravie par des sonorités parfois exotiques, ma mémoire se mit à retenir des pléiades de noms. Vieux palmarès qu'il m'arrive de consulter. J'y retrouve le charme nullement éventé de ces photos de classe où figurent les patronymes de camarades dont on n'a plus de nouvelles.

Cette obsession me conduisit à avoir mes têtes. Des engouements souvent peu motivés, aussi soudains que mes rejets. J'y fis l'apprentissage de la prédilection et de la détestation. Ce fut mon école du goût. Par chance, j'arrivais au début d'un âge d'or. Tandis que je grandissais, prospérait le cyclisme français. Je n'envisageais pas qu'il en fût autrement. Et pourtant, ce fut bientôt la fin de ces années de vaches grasses, dont je pressentis qu'elle annonçait le déclin de la France.

Il fallut donc me rabattre sur des étrangers. Car l'enfant gâté que j'étais avait contracté la mauvaise habitude de rouler pour le vainqueur. Certains ont un faible pour les losers, seule la victoire de mon favori faisait battre mon cœur.

Mes critères étaient assez variés : nationalité, nom, visage. Le profil du coureur, attaquant, grimpeur, baroudeur, ou sprinteur, entrait aussi en ligne de compte, sans pour autant emporter le morceau. Les Espagnols me laissaient froid. Il en va encore ainsi ; en cause, mon manque de curiosité pour ce pays mal apprécié. Même un dégoupilleur tel qu'Alberto Contador, surnommé « El Pistolero », qui avait tout pour plaire, ne suscita chez moi qu'indifférence. Il manquait un ingrédient.

J'aimais bien les Américains, nouveaux venus dans le peloton : Greg Lemond eut donc mes faveurs. Mais cette fraîcheur ne résista pas au règne de Lance Armstrong dont le visage de déterré, le regard de tueur et l'écœurante arrogance balayèrent ce tropisme. Dans les westerns, je n'en pince pas pour les méchants et celui-là en était un beau. La violence illicite qu'il confessa plus tard transpirait déjà dans sa manière de rattraper ses adversaires comme un mafieux s'en vient corriger les insolents qui n'ont pas versé leur *pizzo*.

Comme nombre de votants à l'Eurovision, j'eus une tendresse pour les petits pays. Le Luxembourgeois Andy Schleck fut l'un de mes préférés. Ce digne successeur de son compatriote Charly Gaul – que je pris longtemps pour l'avatar cycliste de Charles de Gaulle – qui pratiquait la chevauchée montagnarde et ne disait jamais non à une bière, manifestait un dilettantisme de bon aloi, excellent pour son capital sympathie.

Mais le temps passa. Au fil des ans, la nature de mes enthousiasmes évolua. Mes rapports avec l'autorité parentale s'étant dégradés, j'en vins à concevoir une haine tenace pour les pouvoirs installés et les invincibles Armadas. Au nom de la « glorieuse incertitude du sport », j'eus les yeux de Chimène pour le challenger, l'outsider sorti de nulle part, venu renverser l'ordre établi. Les vainqueurs n'avaient plus mes faveurs que s'ils l'emportaient par surprise, dans la difficulté, sans bénéficier du soutien d'une équipe de robots aux visées dictatoriales. J'espérais que les pronostics soient déjoués, que les prétendus favoris mordent la poussière. J'appelais de mes vœux des coups de main et des révolutions de palais. C'est la situation du coureur qui m'importe, sa place sur l'échiquier du peloton. Nul autre sport n'offre un tel chassé-croisé de positions et d'échelons.

Quintuple vainqueur du Tour, Miguel Indurain cumula tous les défauts. En plus d'être ibérique, il portait un nom difficile à « endurer » et affichait un visage d'une inexpressivité dissuasive. Pour couronner le tout, il se laissait remorquer par un pack indestructible. Je me souviens m'être consolé avec l'un de ses dauphins, Tony Rominger – son nom claquait plus agréablement à mes oreilles –, impressionnante horloge helvétique – ou avec l'imprévisible mais flamboyant Claudio Chiappucci, à la figure d'ange baroque, dont le patronyme sonnait comme une invitation à s'asseoir à la table d'un restaurant transalpin. J'aurais dû m'enflammer pour l'homme qui mit fin à la domination de l'Espagnol, le Danois Bjarn Riis, mais sa montée en puissance étonnamment tardive, sa lourde silhouette, son crâne dégarni, lui donnaient l'aspect peu ragoûtant d'un junkie sur le retour ayant braqué la pharmacie.

Quant au seul Français en mesure de rivaliser, Richard Virenque, que tant de compatriotes admiraient pour son panache, l'air ahuri qu'il affichait et sa voix de fausset me le rendirent d'emblée insupportables. Par ailleurs, j'avais toujours plus de peine à m'identifier à ces lapins survitaminés. À revoir leurs fréquences de pédalage, on croirait visionner un film en accéléré, quand l'ancien temps devrait repasser au ralenti.

Tout, dans le vélo, est une question de politique et de style. Dans les années 2010, le rouleau compresseur des hommes en noir de la Sky – leur origine britannique aurait dû me prévenir en leur faveur – me sembla porter le deuil du cyclisme. Pour aggraver leur cas, leur leader, quand il portait l'estocade, le cul vissé sur sa selle, le nez sur ses chaussures, avait l'élégance d'un hamster piqué par une guêpe. Son prénom, Christopher, n'était pourtant pas dénué de charme. Mais un champion, lointain reflet de la Beauté qu'il incarne, doit savoir mettre les formes.

Cette réticence à l'égard des colonnes de Panzer me fit regarder de travers le commando jaune des Hollandais de la Jumbo-Visma. Leur stratégie du cadenas réveilla mon amour de la liberté. Le vélo nous oblige à prendre position. Tout membre du train batave fut donc condamné à ma détestation la plus injuste, car le lot du supporteur est de l'être. C'est pourquoi l'un de mes plus grands bonheurs eut lieu à l'automne 2020, quand un jeune Slovène issu d'une équipe indigne de son talent renversa leur arrogante hégémonie, à la stupéfaction générale, lors du dernier chrono du Tour. Une bouille juvénile, une origine presque exotique, la Slovénie, que certains confondent encore avec la Slovaquie, un prénom d'une distinction rare – Tadej n'étant qu'une variation yougoslave de Tadzio, l'apparition fantasmatique de *Mort à Venise* – sans parler des consonances slaves de son nom, Pogacar, le projetèrent tout droit dans mon Panthéon. Mais surtout, il s'était battu seul contre le diktat totalitaire de la Jumbo qui l'avait pris par-dessus la jambe. Cerise sur le gâteau : l'ayant repéré très tôt sur des courses mineures, j'eus la satisfaction de voir réalisées mes prédictions. Or, il faut espérer avec son champion. Il convient de le regarder grandir comme un arbre, de miser sur son avenir glorieux si l'on veut, le jour venu, éprouver le tremblement de l'émotion et les craintes de la déception.

Dans notre existence de simples mortels essoufflés, le champion est un ballon d'oxygène, un repère et un point fixe. Mais il fut une époque où le vainqueur, sous la menace de résultats exagérément positifs, n'était plus assuré de conserver sa couronne. Des noms étaient barrés, voués à la *damnatio memoriae. Non attribué* : le palmarès, décapité, portait à jamais la marque de l'infamie et de la tricherie. Au royaume de Dieu, les derniers seraient les premiers. Au royaume du dopage, ce sont les deuxièmes, voire les troisièmes, qui bénéficièrent de ces tardives promotions.

Pour traverser ces turbulences, il fallait avoir la foi chevillée au corps. La mienne en fut ébranlée. Plutôt que d'ingérer un produit frelaté, j'ai pratiqué l'abstinence et le sevrage. À l'ère du soupçon généralisé, la puissance cathartique du cyclisme en avait pris un coup dans la cuisse. Ces phares en carton-pâte n'éclairaient plus que des simulacres de course. Je fus en froid.

Mais la roue tourne. Comme en art, le vélo a ses périodes. Ses cycles, plus ou moins fastes. À la faveur d'une nouvelle génération flamboyante – outre Pogacar, les amateurs auront reconnu Evenepoel, van der Poel et van Aert –, ma flamme s'est rallumée. J'ai renoué avec la ferveur de mon enfance, cet âge des passions innocentes où l'on plonge comme dans un bac révélateur. Les années qui passent me font-elles renouer, déjà, avec ces premiers temps ? L'âge adulte nous donne l'occasion de cultiver ces passions, de les transformer en feuilleton, autrement dit, en une Grande Boucle d'étapes en papier.

Une visite

Après une heure de marche forcée sous le soleil, je me suis affalé dans le petit train rouge. Suédois, Espagnols, Anglais, Belges, Hollandais se pressent dans cette tour de Babel ferroviaire où je finis par m'assoupir. Quand je rouvre les yeux, un blondinet de sept ou huit ans assis en face de moi me fixe de ses yeux d'un bleu viking. Horreur : il arbore le maillot honni de la Jumbo-Visma, l'équipe du Danois Jonas Vingegaard, leader du classement général, grand rival de Tadej Pogacar. Le supporteur est superstitieux. La présence de ce fan taille minuscule me fait craindre la victoire de son champion sur le mien. Comment peut-on être vingegaardien ? Oui, je me le demande, comment peut-on l'être ? C'est un petit Danois, alors, il admire du Danois, forcément, à sa place, je n'aurais pas fait autrement. Si des envies d'éradication de la communauté Jumbo-Visma me traversent l'esprit, un élan de bonté m'incite à lui pardonner : ce n'est qu'un enfant, il ne sait pas qui il admire. Sa mère, qui le couve du regard, l'emmène à la rencontre de son idole.

Les yeux clos, je repense à cette journée de juillet 1984 où ma mère s'était elle aussi sacrifiée. Non, ce n'était pas « à Mégara, faubourg de Carthage, dans les jardins d'Hamilcar ». Mais c'était tout de même sur les pentes du col de Joux-Plane, où une visite s'imposait, ce dont j'avais fini par la convaincre, lui citant à l'appui quelques coureurs dont les noms lui étaient parfaitement inconnus. Le temps a épargné la photo qu'elle prit ce jour-là, où l'on m'aperçoit de dos, silhouette gracile au bord de la chaussée, immortalisé à proximité du maillot jaune Laurent Fignon qui se fiche bien de mes encouragements. Le champion et l'enfant. Le héros en plein effort et son jeune témoin anonyme. La vie m'ayant amené à lui rappeler ce moment *historique*, le vainqueur du Tour 1984 me fit l'aumône d'un sourire aussi bref que son commentaire : il avait écrasé cette édition. Sur ses exploits, le sportif n'épilogue guère, laissant au supporteur le soin de l'exégèse. Quand on fait, plus besoin de faire des phrases.

Comme les milliers de pèlerins vélocipédiques, j'ai étudié de près le parcours afin de repérer le meilleur emplacement. Ce sera la côte des Amerands, un mur de deux kilomètres et demi à près de 11 % de moyenne, avec des passages supérieurs à 16. Le thermomètre affichant plus de trente degrés, les coureurs, au maximum de leur souffrance, passeront à une allure assez faible pour que j'aie tout loisir de l'observer sur leur visage. L'amateur de vélo est un sadique qui s'ignore ou qui fait passer son sadisme sur le compte d'un goût pour l'effort.

Le sommet de la côte est situé bien au-delà du Fayet d'en Haut. J'en suis quitte pour trois kilomètres de marche sportive. Mais suer en prélude avant d'applaudir les grands transpirants me paraît être la moindre des politesses. Tandis que je m'encourage pour décramponner d'invisibles adversaires, des chapelets de cyclistes amateurs me dépassent, avatars modestes des champions qu'ils s'apprêtent à saluer. Ici, le spectateur paie de sa personne. Tous les profils s'échelonnent sur la pente, du maigrichon longiligne au bedonnant méritant, du musclé baraqué au poids plume. Adorateurs d'un même culte païen, nous processionnons sous le regard des autochtones goguenards, qui, accoudés aux balcons de leurs chalets, délivrent aux pèlerins des encouragements topographiques : 300 mètres et vous y êtes ! Indication un brin sous-estimée.

Les barrières de la maréchaussée ont déjà sanctuarisé le théâtre des opérations. Deux heures avant le passage des coureurs, elle déploie vocalement ses consignes et ses interdictions dont le petit peuple se contrefiche. Dans un virage très raide bordé de transats, les occupants, pareils à des plagistes, attendent placidement que les vagues de coureurs viennent mourir à leurs pieds. Les rares coins d'ombre ayant été pris d'assaut, j'entame une errance qui me conduit dans la forêt. Sur les talus, des chaises pliantes y sont alignées en équilibre instable. Assis en tailleur, certains tuent le temps en jouant aux cartes, d'autres font la sieste sur des matelas gonflables ou à même la chaussée. Inventaire inattendu du repos avant l'effort. On n'imagine guère que tout à l'heure, ce peuple assoupi se relèvera comme un seul homme pour encourager les surhommes.

Un habitué me désigne le virage inférieur où il s'était installé il y a sept ans. « Nous étions deux », répète-t-il, un trémolo dans la voix. Il m'en parle comme d'une partie de pêche à la campagne. C'est qu'en France, dénicher le coin tranquille est plus qu'un art, une religion. Sur son conseil, je pars explorer le virage décisif. Il est sonorisé en mode discothèque. Plus loin, un auvent a été aménagé près d'un coffre de voiture bourré jusqu'à la gueule de glacières à bières dont les propriétaires se prélassent dans des fauteuils en rotin. Les bords de route ont leurs professionnels. Le Français ne boude jamais son plaisir, il le revendique, le cultive, et à la guerre, il préférera toujours le spectacle des guerriers.

On est venu pour des cyclistes, on voit d'abord défiler des bagnoles. Sur la fameuse caravane, qui a entamé sa queue leu leu inaugurale, certaines acheminent des *ambianceurs,* créatures décérébrées et déhanchées – hanches et cerveau marchent de concert. L'atmosphère a perdu le match contre l'ambiance, tarte à la crème du bonheur *new age*, que le silence angoisse. Nous sommes cernés d'enceintes, on nous gave, l'entonnoir embouché sur nos oreilles.

Aurait-on peur que ces supporteurs venus des quatre coins du monde n'aient rien à se dire ? Digne des foires du Nord, un Géant en maillot jaune trône sur une camionnette, précédant Obélix et son menhir. Par Toutatis ! Perché sur le toit d'un autre véhicule, le druide Panoramix est en pleine préparation de potion magique, clin d'œil involontaire, ou alors c'est de la provocation, à d'autres potions. Pour ce lever de rideau, l'asphalte se transforme en podium à ciel ouvert arpenté par des *marques-privilèges*. La tradition populaire – le défilé carnavalesque – s'est acoquinée avec la loi du marché. Mais je ne suis pas là pour refaire le monde.

« Réveille-toi, c'est Mickey qui passe. » À côté de moi, une fillette de trois ans, assise sur son tapis, a émergé de sa torpeur. La mascotte lui adresse son sourire figé. Ses parents se démenant comme des beaux diables, une manne de chocolats, bonbons Haribo, saucissons Cochonou, est déposée aux pieds de la petite princesse. Pour ma part, j'ai fait chou blanc, la faute à une main un peu molle, tandis qu'un vieil Hollandais, qui arbore un bob estampillé Tour 1987, a aimanté les friandises. Les bords de route ont bien leurs experts.

D'autres Bataves ont l'oreille collée à un téléphone portable qui retransmet la course. Plus loin, les Italiens font de même, imités par des Français. Saisissante image d'un Tour en stéréo, polyglotte, *urbi et orbi*, en approche de ses fidèles. Un régional de l'étape s'improvise guide et nous désigne le col des Aravis, « à votre droite », un classique de l'épreuve, que son bras balaie avant d'esquisser la suite du trajet. Le paysage se recompose en parcours.

Chaque minute écoulée réduit l'écart qui nous sépare de l'échappée. Mais nulle impatience, l'attente et les coups de soleil font partie du rituel. Un gendarme désœuvré – « aucun incident à signaler » – m'avise que le passage le plus abrupt se situe deux cents mètres plus bas. Il est encore temps de déménager. D'où regarder ? Telle est la question. Dès qu'il délaisse son canapé pour une arène où l'on ne réserve pas encore son siège sur internet, le spectateur se doit de se creuser les méninges. Comme pour les coins à champignons, il faut connaître.

Sur le bas-côté, des voitures d'équipes garées en épi. Sur les capots, des bidons d'eau fraîche, alignés comme des biberons. Le nez sur leurs écrans, les conducteurs suivent la progression, prêts à réhydrater les rescapés du raidard, qui tendront la main. De l'épreuve diffusée, ils passeront sans transition à la course en direct. Vertiges du réel.

Je débarque au milieu d'une rave-party-barbecue entre cuissards. Les fumigènes ont un goût de saucisse grillée. Dernier arrivé, dernier logé. Me voilà bon pour le talus. Mais on y risque le roulé-boulé. Par prudence, je redescends sur l'asphalte pour me glisser entre deux Néerlandaises en tenue et fort agitées. Ils sont là ! Les rideaux humains s'agitent. La ferveur se propage à la vitesse des premiers coureurs. Virage après virage, elle escalade et enflamme la montagne. Tandis que les cyclistes développent leurs watts, le public pousse à fond les décibels.

J'ai beau tendre le cou, je ne vois rien sinon une muraille de dos festonnée de téléphones, d'où surgit, tel un diable de sa boîte, le premier de cordée. Pour un peu, il me renversait. Pour un peu, je l'engueulais : eh toi, tu ne pourrais pas faire attention ? Non, il ne peut pas. Arcbouté sur sa machine, ses mains broient son guidon, ses pieds écrasent les pédales avec une violence effrayante. La télé nous abuse, les élégants coursiers sont en réalité des galériens, qui défoncent la chaussée. Sueurs et ahanements. Ajoutons-y un filet de morve, et la trinité sera complète. Leur corps sort du cadre, s'impose au comble de la grâce et de la disgrâce, machine transcendée, déglinguée, passée à tabac, bourreau et martyr à la fois. Un deuxième échappé navigue à une trentaine de secondes, mais qui des deux avance le plus vite ? Impossible de le dire. Et qu'importent les écarts, réservés aux assistés du canapé, ce n'est plus qu'un à-peu-près de valeureux qui se ressemblent.

Avec ses caméras embarquées, la télé a fait de nous des pachas biberonnés à des images servies sur un plateau. Les coureurs sont à notre main, spécimens rares plaqués sous la lamelle d'un objectif. Projeté, perdu au milieu de la foule, qui m'assourdit, j'ai l'œil qui se brouille. Où sont les images ? Que dois-je regarder ? Au secours ! Me manque aussi la bande-son des commentaires. Une autre s'invite, tintamarresque, bande-son d'un film chaotique, au montage anarchique. Que dis-je, pas même un film, juste quelques plans volés, qui tressautent sous mon crâne.

Le réel dont je me suis affranchi en devenant téléspectateur se rappelle à mon bon souvenir en fonçant sur moi. Le réel est un taureau furieux qui charge. Et je ne suis pas un torero. Face à lui, je cherche l'écran, mais me voilà seul, livré à moi-même. Pour se protéger, pour compenser cette perte, le deuil du spectacle, mes congénères brandissent un autre écran, celui de leur portable.

Orphelin des travellings et des gros plans, je n'ai plus que mes yeux pour regarder. Saisir des bribes dans les phares de cette tauromachie où le public est descendu dans l'arène. Mon cerveau n'enregistre plus qu'une troisième dimension incertaine, sursaturée de bruits et de gesticulations. Je cède à la puissance d'un monde vibrionnant. J'étais venu suivre le Tour. Je ne suis rien. J'en attrape juste un bout lancé au vol. L'affamé reste sur sa faim.

Même phénomène au passage des leaders. Mon œil est attiré par le maillot jaune, calé dans la roue de mon favori, reconnaissable à son maillot blanc. Tâches de couleur. Impression au soleil filant. C'est ici que Pogi devait attaquer. Personne ne bouge. La caravane passe. Je reste muet, anesthésié, incapable de vibrer. Mes mouvements sont maladroits, lents, comme en proie au vertige.

Je suis venu *sur* le Tour, mais j'ai l'impression d'être passé *dessous*. Écrasé par lui, piétiné par les coureurs, qui me roulent dessus, englouti par des spectateurs en fusion. La course, elle, a poursuivi sa route. Mirage ou courant d'air ? Quelque chose a-t-il eu lieu ? Sans doute. Un éclair, foudroyant.

Je n'émerge de ma stupeur qu'avec les derniers coureurs qui pédalent juste pour en finir. Ramassis de galériens somnambuliques, ils ont la prunelle en dedans, et le poil gris, précocement vieillis. Il me semble pouvoir me reconnaître, assis sur un vélo.

Je m'attarde, sans véritable raison. Comme si le spectacle, après cette répétition bâclée, allait enfin commencer. Dernier espoir que la réalité serait à ma disposition, rembobinable à volonté. Mais le réel, c'est ce qui a déjà eu lieu. C'est l'occasion, qui ne se représentera plus. Abandonnée par les coureurs, la route a été rendue aux piétons, qui en reprennent possession. J'aimerais croire que ce bitume, depuis qu'un peloton l'a foulé de ses boyaux, serait un peu plus sacré. Mais le charme est rompu, la fête en est déjà à son lendemain.

> Le Tour est maintenant tout près.
> Cours-y vite, cours-y vite,
> Il a déjà filé.

Le temps consacré à venir le voir aura été inversement proportionnel à la brièveté de la vision. Mais je ne regrette pas la leçon.

En suivant le flot, je frôle un petit groupe rassemblé autour d'un téléphone slovène. L'étape arrive à son terme, à dix kilomètres de là. *Ajde Pogi, Ajde Pogi*, « Vas-y Pogi, vas-y Pogi ! ». Il doit avoir placé une accélération, là-haut, au sommet, dont je ne vois rien. Non seulement, la course m'est passée sous le nez, mais elle m'a laissé en rade.

Dernier briefing avant la course

L'homme réagit, réfléchit, tranche, résiste, s'adapte. Sa liberté est à ce prix. Si je ne m'abuse, le cyclisme me semble être un inépuisable réservoir de choix et de situations. Au fond de ce réservoir, je crois y voir le miroir, fidèle ou déformé, de la vie.

L'athlète ou le nageur est un monomaniaque. Saut, foulée, lancer, coulée…, il s'en tient à un seul geste, accompli une fois ou à répétition. Sa performance dépendra de sa force, de sa virtuosité, de sa rapidité, mais l'imprévu, la variable, se limitera à la gestion de son effort. Tout donner, démarrer tambour battant, temporiser, ou finir en boulet de canon, le tour des possibilités est vite fait. La tension, au rendez-vous de la compétition, viendra parasiter le geste ou l'améliorer, mais l'équation à résoudre sera limitée à ces deux ou trois inconnues, geste, force et tension.

Les sports collectifs peuvent se targuer d'un esprit d'équipe. Ils orchestrent un dispositif frontal, garant, dans le meilleur des cas, d'une dramaturgie intense, riche en suspense, en injustices et en émotions. La star, c'est l'équipe, le *nous*, gage de projection et d'identification. On est pour l'une et contre l'autre. Monde en noir et blanc où nous voilà renvoyés au schéma primitif de la guerre. Il faut choisir son camp. Le cyclisme, ce n'est plus deux équipes qui s'affrontent, mais une vingtaine. Le paysage est plus fouillis. Le tableau, plus embrouillé. L'adhésion, plus nomade, moins évidente.

On ne livre plus bataille dans une enceinte barriérée, mais dans un terrain ouvert aux quatre vents, inégal, jalonné de pièges. Les cartes sans cesse sont rebattues, rien n'étant jamais assuré, tout bougeant au gré du parcours, des stratégies, des défaillances ou des efforts d'une armée de protagonistes. Équation à multiples inconnues : le cyclisme est un chaos organisé, où je veux voir encore l'image de notre société et de la vie, un mobile perpétuel, impossible à saisir.

« Mais au football, au rugby ou au basket, même au tennis, il se passe toujours quelque chose, on va d'un camp à l'autre », m'objecte un ami, « sur certaines étapes, rien à signaler ». L'argument porte. Il traduit le diktat du divertissement permanent, qui exclut le temps mort. Il faut que ça bouge. Le ballon, en perpétuel mouvement, incarne l'idéal d'un monde impatient et dynamique, énergique et aérien, d'un va-et-vient ininterrompu où nous serions ici et là-bas, aux quatre coins du terrain. Être partout : rêve d'ubiquité que le match accomplirait comme une prophétie. Le cyclisme, en apparence, ne peut prétendre à cette agitation continuelle. Si ça roule toujours, ça peut en effet ne pas bouger. On s'en agace. On s'impatiente. Inertie trompeuse, de surface. Le peloton est un iceberg mouvant en son sein, traversé de courants invisibles, secoué par une imperceptible effervescence des profondeurs, qui échappe à première vue. Et pourtant, le monstre s'agite.

Prisonnier de sa machine, le coureur l'est aussi d'usages qui compliquent la donne. Sous les dehors de la force brute – il ne s'agirait que d'appuyer sur les pédales –, ce peloton obéit aux mœurs policées d'un Ancien Régime gouverné par les nécessités du rang : leader, lieutenant, capitaine de route, simple équipier domestique... Les profils y sont aussi des plus divers : grimpeur, sprinteur, rouleur, baroudeur, puncheur, attaquant... Autant de rôles, ou de statuts, qui livrent une comédie humaine interprétée par une troupe ambulante et pléthorique, où l'on se tire la bourre. Bien plus qu'une équipe, un peloton fait société. Tous les caractères y sont en réserve, prêts à brûler les planches d'une grande scène bitumée. Cette machine apparemment bien réglée vit donc sous la menace d'une Révolution permanente. C'est tout à la fois Versailles et la Bastille. On est à la Cour, mais le peuple chahuteur a déjà investi les salons lambrissés. Cette friction entre ordre et désordre est grosse d'événements en tous genres, de scénarios inattendus. Si le roman est ce miroir que l'on promène le long d'un chemin, alors le cyclisme, qui s'y promène si souvent, est promesse de romanesque.

Tout le monde s'accorde à dire que le cyclisme est sans rival pour la richesse de son vocabulaire. Une langue présuppose un univers, un esprit, un tempérament. Ces scènes de la vie cycliste pourraient donc être sous-titrées : *Situations et Caractères*. Voilà qui ouvre quelques perspectives et nous permet d'affirmer : « Et c'est ainsi que le cyclisme est grand ! »

PORTRAITS VOLÉS

Haie d'honneur

(Inspiré d'une photographie
de Stéphane Mantey.)

« Que la montagne est belle ! », promet la chanson. Qu'elle est bondée, se dit l'homme de tête. Bondée et gueularde. Les bas-côtés ont leur chœur, des polyphonies cyclopédiques, qui scandent la chevauchée de la Walkyrie. À l'exploit de pédaler fort sur une pente revêche répond le défi de gueuler aussi fort. À défaut d'être à la hauteur, soyons à l'unisson. C'est le contrechant de la horde.

Tantôt, c'est le champion dont on filme en gros plan la figure éprouvée tandis que le public, massé au bord des talus, défile en profil perdu. Tantôt, il n'est plus qu'un dos sans visage, qui fend une foule de guingois, d'hommes penchés, pour ainsi dire ivres, surgis des cales de la montagne, captés dans un fugace travelling.

À l'approche du champion, l'assistance est en proie à une étrange métamorphose. Chaque spectateur se mue en un atome chauffé par le soleil et, parfois, par quelque liquide, qui entre en effervescence, pour s'agglutiner à ses particules voisines. La foule n'est plus qu'une bouillie en fusion, un amas de bouilles qui tressautent devant le coureur comme dans un film d'horreur. Car c'est bien d'un monstre qu'il s'agit, à mille têtes, saisies d'une fièvre subite.

Il est vrai que les fidèles, priés de patienter avec le Veau d'Or de la caravane publicitaire, ont bien mérité de leur champion. Ils n'ont été qu'attente et espérance. Mais, accumulée comme dans des batteries, leur impatience est condamnée à se décharger sur-le-champ. Un circuit de batteries : voilà ce dont la montagne accouche. Un inventaire à la Prévert aussi, de maillots, chaussures, canettes et portables. L'ensemble, pourtant, fait bloc autour d'un seul corps qui aimante les regards exorbités.

Mais est-on là pour l'encourager ou lui faire la peau ? À voir leurs mines, il est permis de s'interroger. Si certains supporteurs brandissent des pancartes à sa gloire, d'autres, apoplectiques, tendent un poing rageur, comme pour lui décocher une droite. Le paroxysme est une matière inflammable ; on y bascule vite de l'amour à la haine. Haie d'honneur ou corrida ? Dans une atmosphère de mise à mort, des taureaux sans corne ont été lâchés dans la montagne reconfigurée en arène. Il ne manque plus que les banderilles.

Au comble de son effort, le fend-la-bise devient un fend-la-foule et son vélo, un brise-glace. La cohue s'écarte, comme un long rideau qui se déchire, puis se referme, puis s'écarte à nouveau pour le suivant : tel est l'accordéon de la foule des grands cols, vibrante, vorace, qui avale tout sur son passage. Dans un geste superstitieux, certains tentent d'effleurer l'apparition.

Un jour, on finira par se jeter sur lui et ce jour-là, on ne retrouvera plus rien, sinon son vélo et ses chaussures.

Nul autre sport n'a ses champions côtoyés d'aussi près. Proximité certes illusoire. Ils filent comme des ombres. On leur hurle aux oreilles, ils font les sourds. On les dévore du regard, ils ne voient pas plus loin que le bout de leur roue.

Ces gueules grandes ouvertes, ces yeux fous, ces portables braqués, ces corps ivres qui tanguent pour m'empêcher de passer : si j'étais coureur, j'en aurais une peur panique. Non seulement, la pente est raide, mais on se met en travers de mon chemin ! Ne voyez-vous donc pas que je suis à l'ouvrage ? Alors qu'on cherche son souffle, on vient vous pomper l'air. Comme si l'on venait manifester par-dessus mon épaule alors que je m'efforce d'écrire ces lignes.

Mais je ne suis pas cycliste. Et une autre chanson ne dit-elle pas que « la foule vous porte, vous traîne et vous entraîne » ? Sans doute les coureurs se sont-ils habitués à cette bande-son psychédélique, à ce doping acoustique. N'apprend-on pas à vivre avec une autoroute qui passe près de chez soi ? Que serait d'ailleurs un col sans son délire ? Une morne plaine, assurément.

Miracle : le coureur a basculé indemne au sommet, refermant derrière lui la porte des clameurs. À présent, il dévale sans témoin une montagne rendue à elle-même. L'avers fut braillard, le dévers sera désert. Il file vers sa chambre d'hôtel, vers sa douche, vers le silence de ses draps. Y réentendra-t-il gronder les échos du tonnerre ?

Replongera-t-il dans cette tauromachie ? Il me semble plutôt qu'il sombrera dans un sommeil bien mérité.

À l'automne, il est possible de retourner sur ces pentes encore frappées du sceau des coureurs. Ces lettres qui forment leurs noms sont les derniers vestiges du cirque ambulant qui a depuis belle lurette plié bagage et chapiteau. Les camping-cars sont redescendus dans la plaine, la caravane est passée et la montagne a retrouvé ses habitants, quelques animaux, qui ne s'y entendent guère en matière de cyclisme.

Le virage

Pour son dernier Tour, un *virage* a été inauguré à son nom sur les pentes alsaciennes du Markstein. Son panache a bien fait les choses : ce jour-là, très attendu au tournant, il y passe seul en tête. La haie d'honneur s'est incurvée en un virage qui prend feu à son passage.

Repeinte aux couleurs d'un coureur ou d'une nation, la route tourne et les têtes aussi. Las de leur plat pays, les Hollandais en avaient lancé la mode dans la montée de l'Alpe-d'Huez.

D'ordinaire, sous peine d'une sortie de route, les tournants incitent à la prudence. En politique, ils sont parfois synonymes de rigueur. Mais ces virages d'inconditionnels annoncent une folie débraillée et des excès en tous genres. Le délire y est distillé dans l'alcool pur d'un culte de la personnalité exclusif. Pour s'embraser, le virage n'attend plus qu'une étincelle, son champion. En attendant, le monde y a changé de couleur, orange chez les Néerlandais, bleu pour le Français Thibaut Pinot, signe que l'on traverse un nouveau pays, la Hollande ou le Pinotland, enclaves placées sous un régime d'extra-territorialité.

La place y est chère et le taux de remplissage optimal. Pour brandir une pancarte ou glisser sa carcasse, le moindre interstice est exploité. Promiscuité vécue comme un privilège. On est du virage comme d'un club sélect, même si le droit d'entrée y est plus simple : premiers arrivés, premiers servis.

Mais pourquoi l'engouement s'en va-t-il élire domicile dans les virages ? La raison en est peut-être esthétique : une courbe est plus charmante qu'un banal tout droit. L'effet recherché, un effet de liesse, n'est pas non plus à négliger. Sur la ligne droite, on se disperse, on s'effiloche, dans le virage, on se resserre. Les conditions de l'incendie sont réunies. Le virage est un chaudron. Intime comme le creux d'une hanche, il favorise l'entre-soi. On peut mieux s'y abandonner aux débordements.

Dans les stades, ce sont aussi les virages qui réchauffent l'ambiance. Ils vont loger au Nord ou bien au Sud, comme les quartiers du même nom qui enflamment les cités. La foule, qui se méfie des lignes droites, chasse gardée du flic et de sa matraque, se réfugie dans les recoins. Il lui faut de la spirale, du renfoncement, du réduit. Sa colère referme l'arc de cercle en rond-point.

Voilà. Annoncée par la clameur, l'idole est en approche. Bientôt, il va virer comme un avion dans le ciel et avec lui, le virage chavirera de bonheur. Car le bonheur, lui aussi, est rarement rectiligne.

Noli me tangere

Dans le vaste gueuloir, retaillé en un chaudron géant dont il serait le précipité roulant sur ses bords, le champion veut bien être encouragé, acclamé, adulé. Mais il ne veut pas être touché.

Non pas qu'il soit sainte nitouche. Cela fait belle lurette qu'il a perdu toute pudeur, qu'il a vendu son corps et ses efforts à l'étrange condition d'une complète mise à nu. Mais comme dans les strip-teases, il devrait être interdit de toucher. Lâché parmi les fauves, il se voudrait Blandine, frôlé par leurs babines, mais reniflé avec le respect que l'on doit au sacré qui exclut qu'on abatte sur lui sa grosse papatte.

Le champion aimerait s'en tenir à une apparition. À un trait de lumière, une traînée dans l'azur, un mirage dans le désert. Il se rêve en fusée, intouchable pour ses adversaires comme pour ses admirateurs. Rêve pieux d'une élévation vers les cieux.

Le footballeur sur sa pelouse verte, le tennisman sur son rectangle de lignes, le nageur dans son couloir, le boxeur sur son carré encordé… Tous des intouchables ! Ils s'illustrent au large, hors de portée, protégés en leur enceinte que nul n'ose profaner sinon un hurluberlu à poil conscient malgré sa folie qu'on ne s'y aventure pas avec les habits de tous les jours.

Pris au piège d'un couloir de la mort, le cycliste est sacrifié sur l'autel de la liesse populaire. Pour tenter d'échapper à cet excès de ferveur, la relique, à califourchon sur son Grand Véhicule, tente bien de se faire la malle. En vain. Elle passe de main en main, baladeuse et païenne. Un paganisme contagieux, qui se répand sur son passage. Saisis d'une danse de saint Guy, les adorateurs, à défaut d'être touchés, sont venus toucher. Non pour guérir à son contact miraculeux, mais pour affirmer leurs droits sur un bout de fesse, un morceau d'épaule, une entrecôte…

Puisqu'on leur a concédé le terrain, ils l'ont envahi sans vergogne, avec cette outrageuse familiarité qui sied à l'époque. Parmi ces zadistes de montagne, certains quittent leur parcelle pour se hasarder à un sprint dérisoire, vite découragé par la pente. Voilà que face à ces champions, ils se sont pris pour des sportifs. Rien ne sert de courir, il faut admirer à point.

Ne courez pas à côté des coureurs, rappelle d'ailleurs le commentateur, sans grande illusion sur ce rappel d'un civisme élémentaire. Car ce culte ne connaît ni loi ni contrainte. Croyant faire du bien à un corps qui encaisse mal, chacun y va de sa tape. L'idole ne vaut que pour l'idolâtrie dont elle permet l'expression. Peu importe s'ils risquent de la déséquilibrer. Ils diront qu'ils ne l'ont pas fait exprès.

Las de prendre des coups, l'encouragé se met à les rendre. D'un mouvement d'humeur, il rappelle qu'il n'est pas là pour servir d'exutoire. De cette rebuffade, les empafés dégrisés osent s'étonner. Tout ne serait pas permis ? Certains s'indignent même, allergiques à la moindre brimade. Et le fan versatile de brûler soudain ce qu'il a aimé.

Voilà pour les champions. Pour les derniers de la classe, la musique est un peu différente. C'est qu'on ne dirait pas non à un coup de pouce, voire à un coup de main. Leur rêve est tout autre. Ils n'ont rien contre un appel au peuple, à une foule remonte-pente qui, avant la bascule dans le vide, les hisserait jusqu'au sommet.

Sur cette route, j'écris ton nom

Arrivés de bon matin ou bien la veille, ils ne sont pas venus les mains vides. Ils ont apporté des bâtons de craie, des pinceaux, ou des bombes à peinture. À défaut de fleurs, ils déposeront des lettres sous ses roues. Des lettres majuscules, tracées à la taille de leur champion. Sur cette route, ils viennent écrire son nom.

Sur les murs ou les corps, l'humanité affiche son amour, déclaré, gravé en toutes lettres. Ici, le livre est à ciel ouvert, la page en asphalte tatouée comme une peau. Recopier un nom, c'est perpétuer sa mémoire. Mais ils font davantage, en l'inscrivant dans le décor d'un triomphe espéré. Par ce geste propitiatoire, ils formulent le souhait qu'il l'emporte comme on emporte une colline. Aussi s'arrangent-ils pour qu'il pédale à domicile. Le voilà à l'ordre du jour, un possible jour de gloire.

Il ne lui reste plus qu'à être à la hauteur de son nom. Car transformée en monument à sa gloire, la chaussée l'oblige désormais. Puisqu'on est venu de loin, à lui d'en être digne, d'en faire un territoire conquis.

Mais se reconnaîtra-t-il ? Saura-t-il même encore comment il s'appelle ? Il peine assez à gravir cette route pour ne pas avoir en plus à la déchiffrer. À son insu, il roulera peut-être sur lui-même. Telle est d'ailleurs la nature du héros, d'écrire son destin dans le feu de l'action. Hors de lui-même, autrement dit hors de son nom que seuls ceux qui suivent ses exploits répéteront à l'envi.

Encore lui faut-il répondre présent. Rien de plus triste qu'un coureur qui arrive défait, quand on l'attendait triomphant. On s'est trompé de jour ou de coureur, il n'y a plus de quoi *pavoiser*. L'inscription n'est plus que le message dolent d'un regret, son nom, un linceul jeté sur le deuil d'une espérance périmée. Et le coureur qui passe, l'ombre de lui-même, trop fatigué pour se chercher des excuses. L'anonymat au moins lui aurait assuré l'incognito.

Bien d'autres patronymes enluminent la montagne retouchée en grand livre des Noms. Un Panthéon éphémère, témoin de la diversité des ferveurs. Tous les goûts, et tous les coureurs, sont dans la nature. Avant que les champions n'en décousent, leurs noms se disputent déjà une place sur la route.

Il restera ces témoignages d'admiration, orphelins de leur objet. Puis arriveront les effaceurs, avec leurs machines, qui n'admirent personne. Leur mission : redonner une virginité à ce bitume peinturluré. Eau de pluie, eaux des tuyaux… Sur cette route, ils abolissent leurs noms. Certains, plus coriaces que d'autres, feront de la résistance. Et si la course vient à repasser dans le coin, il suffira de les rafraîchir.

Mise au vert

(Inspiré d'une photographie d'Étienne Garnier.)

Ce pourrait être une composition végétale imaginée par un artiste pop. Une idée saugrenue lui serait venue : un jeté de vélo. Un vélo noir dernier cri propulsé contre un massif touffu d'arbustes, enchevêtrement feuillu où l'on reconnaît du lierre et des fougères. À la demande de ce créateur fantaisiste, un coureur serait allé se dissimuler dans ce taillis pour en émerger partiellement, tel un faune surpris en pleine action ou bien un cyclo-touriste parti à la cueillette au milieu de sa randonnée.

Aussi plaisante que surprenante, l'image rappelle la définition de la beauté selon les surréalistes : la rencontre fortuite sur une table de dissection d'une machine à coudre et d'un parapluie.

Le champ de manœuvres d'un cycliste se limite d'ordinaire au bitume, parfois à des sentiers de terre où on lui demande de pédaler comme un damné. Son programme ne prévoit aucune promenade bucolique, aucune excursion dans la chlorophylle. Mais cette mise au vert a probablement une bonne raison.

On la soupçonne à la main gauche qui vient, dans un geste étrange mais gracieux, toucher l'épaule droite, comme pour vérifier qu'elle est toujours bien en place. Le visage présente un profil de médaille, d'une perfection antique, tourné en direction de cette articulation endolorie et du vélo qui semble flotter dans ce massif, suspendu à des fils invisibles. Ses jambes disparaissant sous le taillis, on peine à comprendre si le coureur se tient encore debout ou s'il est allongé sur ce lit de verdure.

Au rictus qui se dessine sur ses lèvres, on devine qu'il ne s'est pas retrouvé là de son plein gré. C'est bien involontairement qu'il a pris la tangente, cette sortie de route l'amenant à explorer des bas-côtés dont la couverture végétale a dû amortir le choc. Son regard paraît pour le moins étonné : que fait mon vélo dans ces arbustes alors que nous cheminions de concert sur un asphalte plus lisse et plus poli ? Que fais-je là ? Comment vais-je pouvoir me dégager de ce petit coin de nature certes charmant mais pour le moins *déplacé* ?

La vie nous réserve parfois de ces écarts de trajectoire, où nous sommes éjectés de notre cadre habituel. Un accident malencontreux, une rencontre inopinée, nous désarçonnent, et nous voilà déportés vers des horizons inattendus, parfois périlleux, loin de notre *zone de confort*. Comme pour ce cycliste égaré, il nous faut reprendre nos esprits, faire l'inventaire de nos plaies et de nos bosses et bien vite nous remettre en selle.

Apparition

(Inspiré d'une photographie d'Étienne Garnier.)

On se croirait dans un film d'horreur. La gueule grande ouverte, sa main gantée et crispée implorant de l'aide, un ectoplasme poussiéreux rampe sur l'herbe verte, pourchassé par des zombies. De cette figurine terreuse, qui semble articuler un appel au secours, la bouche est la seule touche de couleur. La caméra vient sans doute d'enregistrer ses derniers instants.

Ce pourrait être aussi une statue tombée de son piédestal, gisant sur le flanc, en attendant qu'on la relève. Le titre en serait alors *la Supplique*, ou *l'Agonie*. Quelques indices nous mènent vers une autre piste. La piste d'un vélodrome sur lequel vient de s'achever la course la plus redoutée du calendrier. Paris-Roubaix. La Doyenne. Car elle aussi, comme ses participants, a la vie dure.

Dans cette grisaille générale, seul l'arrière-plan s'égaye de taches de couleurs. Ce sont les spectateurs, témoins de ce calvaire. Ils observent le drame, s'en délectent même, ravis de voir qu'on peut encore, pour une simple course, se mettre aussi minables. Après l'homme de marbre, voici l'homme de glaise. Avant de s'écrouler, il est sorti en tête du pétrin, premier de cordée du dernier cercle de l'enfer du Nord, qui a tenu toutes ses promesses d'Apocalypse.

Ce jour-là, le Dieu inclément de la météo les a tous pétris dans une même argile. Un Dieu de la Genèse, vengeur et vouant aux gémonies. Poussière vous fûtes, poussière, vous redeviendrez. Pour seule cuirasse, une couche de boue séchée, ces escarbilles d'une terre prise en croûte au fil des kilomètres avalés. On achève bien les coureurs.

Mineurs de fond ? Poilus crottés émergeant des tranchées détrempées ? Le temps d'une course, ils sont redevenus les coursiers d'antan qu'on jetait sans façons dans les ornières d'une route incertaine. Les voilà enfin rendus à l'arrivée et à eux-mêmes. Au compte-gouttes, ils s'échouent, rescapés d'un peloton émietté, exhibant sur leur face quelques lambeaux de leur odyssée ramassés en chemin, ces chemins de bandits qu'on leur avait réservés comme une peine capitale. Au carnaval de la gadoue, ils sont tous rois. Leur cul les gratte, ils tremblent des pieds, grincent des dents et leurs mains tremblent encore des trépidations qui les ont tympanisés.

Mais cette crasse leur a façonné un masque de noblesse. Ils affichent un air de prêtres africains, officiant à quelque rite païen. Ils y ont gagné une étoffe, celle des héros, aussi grossière soit-elle. Héros anonymes et méconnaissables, car se ressemblant tous après avoir communié sous une seule espèce, la cendre grise, déposée au fond de leur calice, bu jusqu'à la lie.

Aussitôt la ligne franchie, le vainqueur s'est effondré sur la pelouse, lâchant son chevalet de torture. Après toute cette poussière, enfin un peu de verdure ! il n'aspire à rien d'autre, sinon à cette herbe où il se vautre comme le cochon dans sa fange.

Plein les pattes

*(Inspiré d'une photographie
de Bernard Papon.)*

Plein les yeux : le titre barre la une et le corps d'un cycliste exténué. Après cette dernière étape alpestre, le champion français, qui s'est bien battu, a tout perdu fors l'honneur et le panache. À première vue, ce sont les spectateurs qui en ont eu plein les yeux. On lit *plein les yeux*, mais on devine plein les bottes, plein le dos, plein le cul. Plein les pattes, également, ces grands segments, ces jambes d'échassier écartées sans façons. Nulle obscénité, mais seulement l'épuisement du soldat fourbu.

D'ordinaire, un cycliste est photographié sur son vélo. Debout éventuellement pour un portrait. Plus rarement assis sur un siège de voiture quand l'abandon a fait de lui un passager automobile. Ici, on le surprend sur un peu de gravier, tel Job sur son tas de fumier qui aurait convoqué une conférence de presse. Pour l'instant, il n'a rien à déclarer. Silence radio. Il reprend ses esprits. Recherche son souffle. Le voilà non hors de forme mais hors de souffle.

Après l'arrivée, il s'est écroulé derrière les barrières, exfiltré par un agent de la sécurité. Photographes, public, foule avide, on devine les meutes. On imagine les cris qui scandent son nom tandis qu'il regarde dans le vide, submergé par une souffrance jusque-là tenue en lisière. Quelques privilégiés se sont engouffrés dans ce carré VIP improvisé. Parmi eux, le photographe qui témoigne de cet aparté, immortalisant à l'arraché l'incongruité de l'offrande. Les jambes débordent du cadre ? Il ne s'agit pas de faire du beau, mais du brut. Ne s'agit-il d'ailleurs pas d'un homme qui n'a plus toutes ses jambes, comme on n'a plus toute sa tête ? Il est littéralement sur la jante.

À terre, il reste pourtant grand. Christique. Bouche ouverte, encore casqué, les épaules recouvertes à la hâte d'un tricot pour qu'il ne prenne pas froid, on vient, dirait-on, de le descendre de la croix. Il est juste descendu de son vélo. Un cercle s'est formé autour de lui, qui attend sa déposition.

Que pourrait dire ce crucifié qui ne songe qu'à boire, comme s'il venait de traverser le désert de Judée ? Ceci est mon corps ? En ouvrant son journal, le lecteur prend ce corps en pleine poire. Ces jambes aux muscles effilés. Ces mains abandonnées sur le sol, exsangues d'avoir trop serré le guidon. Ce corps à l'os, dégonflé, dégraissé, rincé par l'effort qui dégouline sur lui. L'épuisé est celui qui n'a plus rien à puiser. Mort clinique. Encéphalogramme plat. Celui qui pouvait le plus n'en peut plus.

Le champion se distingue du commun des mortels par l'exploit, qui n'est pas de notre monde. Ici, l'ailleurs du champion à l'agonie est mental. Son enveloppe est là, ramollie, mais sa tête est ailleurs. Ses premiers mots, d'une banalité sans nom, seront bien en deçà de ce qu'il vient de vivre. Comme toutes les paroles des revenants. On effleure le mystère de l'assomption, où l'âme quitte le corps pour s'élever vers le ciel. Tragédie d'un sportif en instance de résurrection.

Plein les yeux. Ce ne sont plus les yeux du spectateur ébahi, mais du coureur, revenu d'un pays où l'on n'arrive presque jamais. Au bout de l'effort, *au bout de sa vie*, il revoit défiler les cols, les accélérations, les coups d'adrénaline, les frissons en descente, les moments d'euphorie et de supplice, il repart vers Épernay, Saint-Étienne, le Tourmalet, les 3 500 kilomètres repassent en un éclair comme au seuil d'une mort subite. S'il a fait rêver, lui aussi a rêvé. Tout lui revient dans une fulgurance, qui l'emporte sur le cheval ailé des contes dans l'au-delà de sa mémoire.

Ce regard vide en apparence est donc bien rempli. Ce sont les yeux d'un enfant dont le rêve s'est accompli. D'où cette posture somme toute enfantine d'un champion qui s'est posé par terre, sans façons, tel un gamin dans son bac à sable, qui ne comprend pas tout à fait ce qui lui arrive. Ni d'ailleurs qu'il est finalement arrivé.

Apothéose

*(Inspiré d'une photographie
de Bernard Papon.)*

Ils portent les mêmes maillots. Ce n'est pourtant pas une histoire de maillot mais de peau. Ils sont à fleur de peau, comme peuvent l'être un père et son fils abandonnés enfin à leurs sentiments.

S'ils se tiennent l'un face à l'autre, ce n'est cependant pas une étreinte. Ni une accolade. S'ils s'enlaçaient, la scène serait banale. C'est une bénédiction. Un père bénit son fils en effleurant son front. En retour, le fils a posé la main sur le cœur de son père. Il a fermé les yeux, car pour en trouver le chemin, nul besoin de voir. Leurs mains esquissent ainsi une sorte de cercle, ou plutôt de chaîne, invisible à l'œil nu.

Les quelques personnes qui les entourent élargissent ce premier cercle. Toute bénédiction a ses témoins, mais tout à ses retrouvailles, ce couple les ignore. Après la kermesse du podium, le fils, nouveau maillot jaune, s'est retiré dans une antichambre plus intime, où s'improvise cette autre cérémonie, moins protocolaire.

Dans ce silence, ils semblent murmurer une prière muette. Nul besoin d'en prononcer les paroles. Seuls parlent leurs bras et leurs mains et leurs yeux.

Le sourire apaisé du père suggère la fierté du chemin accompli. D'ordinaire, on bénit son héritier avant l'épreuve du feu. Ici, la bataille a eu lieu et le fils a course gagnée. Il a remporté le Graal qu'il dépose d'un air grave sur le cœur de son père comme un vassal remet aux pieds de son seigneur les trésors conquis de haute lutte. Le don a la sérénité d'un rituel, celui de la gratitude qu'un fils exprime à un père qui le consacre. Onction et action de grâce. Apothéose. Plus qu'un événement, un avènement.

Au nom du père, du fils et du Saint-Esprit de cette famille colombienne où les sacrifices, on le devine, furent légion. De la petite ville de Zipaquira jusqu'à ce maillot, il fut long le chemin. Tous les deux repensent aux espoirs, aux embûches, aux épreuves, et peut-être à une ancienne promesse du fils, celle de triompher un jour sur la course mythique qui se disputait là-bas très loin en Europe. Ce grand jour est arrivé. C'est donc l'histoire d'un enfant et de sa promesse tenue.

Monsieur Arrivée

En hommage à Stéphane Boury.

Ce pourrait être un VRP. Mais il n'a rien à vendre. Il vient simplement en repérage des lieux. S'il y a des chasseurs d'étapes, lui est un chasseur d'arrivées. Un homme seul, qui débarque en éclaireur, incognito, dans une citadelle à prendre, dont son patron lui a donné le nom sous le sceau du secret. Un homme dans la ville, muni pour tout viatique d'une direction : « nous viendrons du nord ». À lui de se débrouiller. Pour trouver non l'oiseau rare, mais la ligne rare. Car chaque cité a une ligne d'arrivée idéale : ce sera là et pas autre part. Et c'est là, souvent, que tout se jouera.

Avec son véhicule, qui enchaîne les tours en ville, on dirait un taxi en maraude. Il n'attend pas le client, mais la révélation. Sur chaque avenue, à chaque boulevard, il s'interroge : et si c'était là ? Il a l'esprit de géométrie, son cerveau est plein de lignes fictives dont l'une deviendra réalité. Il a aussi une certaine imagination, qui lui figure des sprints souvent massifs. Ce ne sont plus des voitures qui l'entourent, mais des paquets de coureurs survoltés qui finissent en trombe. Tandis que les habitants vaquent à leurs affaires, inconscients de ce qui se trame, il prend ses marques. Se met les rues dans l'œil, relève les ronds-points, les ralentisseurs, les terre-pleins, le bitume abîmé, note tous les pièges invisibles au regard du profane. Chaque ville, sous son affût, devient matière à remodeler en circuit final.

Pistes d'athlétisme, stades de foot, bassins de natation, circuits automobiles, ont leurs lignes intangibles, déjà fixées. Le cyclisme se doit, lui, de les inventer. Marquer de son empreinte un espace public qui n'est pas le sien, où il s'invite, qu'il privatise, recompose, à charge de le restituer intact, vierge de son passage.

La ville n'a maintenant plus de secrets pour lui. Ni vu ni connu, il repart, son cahier couvert de griffonnages, de noms de rue et de kilométrages. Un itinéraire s'est dessiné. Les derniers kilomètres ont pris forme comme un raisonnement, comme un subtil enchaînement d'idées. Au gré de ses déambulations, le Sourcier s'est mué en Grand Architecte, ordonnateur discret de dénouements à venir.

Il refera étape quelques mois plus tard, quand le feu vert donné, il pourra se faire connaître auprès des autorités affranchies entretemps par le coup de fil du Patron. « Vous faites partie des heureux élus. » Il s'agit désormais de réunir des services, communaux, départementaux, préfectoraux, de parler sécurité, barriérage, voirie, travaux, parkings… Les chiffres qu'il alignera donneront le vertige : nombre de camions, de techniciens, d'invités…

Et puis bien sûr, la ligne. Objet de toutes les spéculations, de tous les calculs, de toutes les envies, de tous les avis. Un doigt sur le plan, le maire émet un vœu. Monsieur Arrivée secoue la tête calmement, mais fermement. Impossible. D'une ville à l'autre, son cahier des charges ne varie guère et ses arguments avec : nécessité d'une longue ligne droite, d'un itinéraire de délestage pour les véhicules de course, d'un immense parking pour le grand Cirque itinérant, le podium, la salle de Presse, la tente pour les invités du Patron…

Le maire doit se rendre à l'évidence : il aura le Tour, mais le Tour sera chez lui. Et il régnera en maître. Les clés de sa ville seront remises à ce maire éphémère, parachuté, qu'il n'a pas vu venir. Sous la plume de ce grand Dessinateur, sa commune sera tourneboulée, comme un appartement envahi par une équipe de cinéma. Beau joueur, l'heureux élu s'incline : tant que le nom de sa cité résonne sur les ondes… L'important, c'est qu'on n'oublie pas, la ligne franchie, les plans d'hélicoptère sur des sites que son interlocuteur prend en note pour les transmettre au réalisateur. Voilà la raison de la candidature. Le départ ? Un barnum, une grosse fête à Neuneu. Lui, il veut une arrivée, du sportif, du suspense, des résultats. Certes, le ticket d'entrée est un peu plus élevé. C'est double tarif. Mais qui se souvient des villes-départ où personne n'a jamais gagné ?

Deux mois avant le jour J, il reviendra pour une ultime tournée d'inspection. Pour s'assurer, parce qu'on est en France tout de même, que tout le monde roule de concert, que la politique n'a pas repris le dessus, que les travaux suivent leur cours. Il reviendra pour rassurer : tout va bien se passer. Et miracle, tout se passera bien. Le Tour de France est ce mystère qui fait mentir la fâcheuse réputation de la France.

Il a désormais ses repères – on le reconnaît – et l'expérience d'une dizaine de Tours, de centaines d'autres villes – on l'écoute. Il est obéi. Son jour J commencera à J-1. Chaque fois, il arrive presque vingt-quatre heures avant… l'arrivée.

À l'étape du lendemain, on l'attend déjà la veille, après dîner, au garde-à-vous. On guette cet éclaireur d'une noria de camions, de brigades de placeurs et d'agents de sécurité, qui se présenteront au fil des heures, rescapés de l'étape précédente. Dans l'ombre du peloton, d'autres pelotons, quand dorment les coureurs. Incognito, loin des caméras, ils traversent *glissando* le pays, fourmis processionnaires requises au travail de nuit pour qu'ait lieu, sans anicroche, le spectacle du jour. À notre ère sédentaire, le Tour est l'un des ultimes vestiges d'un nomadisme heureux : pour qu'il passe près de chez vous, tant d'autres se déplacent. Un méli-mélo de pèlerins, de coursiers et de routiers.

Rendez-vous est donné pour le barriérage dès six heures du matin. Tout le monde sera ponctuel. Car être à l'heure, aime-t-il à dire, c'est être déjà en retard. Vers midi et demi, il inspecte ces derniers kilomètres objets de toutes les peurs. Réussir, c'est prévoir le pire. On l'aperçoit flanqué d'une garde prétorienne de pompiers, agents du Samu, gendarmes, qui l'ont fait lieutenant-colonel de réserve. Car en définitive, il est le grand Gendarme de la course.

Puis il prend position derrière la ligne d'arrivée. S'il apprend que la caravane publicitaire lambine, il la fait accélérer fissa. Les bus des équipes qui passent sous l'arche sont inventoriés pour s'assurer qu'il y a bien le nombre. Le compte à rebours est enclenché. Il n'est pas croyant, mais il prie. « Marie, pleine de grâce, faites qu'on ne parle que de la course et rien que de la course ! » Il se fiche de savoir qui va gagner, son seul souci, c'est la chute. La tuile de dernière minute.

De l'étape elle-même, il ne verra rien, ne saura rien. Quand tout le monde s'abandonne à la liesse ou au commentaire, lui remonte déjà dans sa voiture. Il est l'homme en avance, toujours échappé vers un lendemain qui tremble. Il ne se dit pas « au suivant » mais « à la suivante » ! Son chauffeur file dans la nuit, dans le silence, les yeux clos, il récupère, tourne du Grand roadbook une page supplémentaire. Jusque-là, tout va bien. Et ainsi de suite jusqu'à la toute fin.

Au lendemain du dernier jour, il se réveillera en sursaut : et ce soir, on arrive où ? Nulle part sinon chez lui. Il se rendormira, avec la satisfaction du Tour accompli. À moins que son épouse ne lui demande d'aller faire les courses, de tondre la pelouse, bref, de repasser par ces lignes toutes tracées de la vie ordinaire. Un peu plus tard, l'envie lui viendra peut-être de visionner les vingt-et-une arrivées. Comme on relit son livre, pour s'assurer qu'il n'y avait ni accroc ni coquille. Mais peut-être y renoncera-t-il.

Car l'autre Grande Roue, celle du Temps, continue à tourner. L'édition suivante se profile déjà, ses routes sur lesquelles il faut repartir. D'autres villes à arpenter, d'autres lignes imaginaires à tracer, d'autres rêves pour une centaine de candidats à la victoire. Qui tous ignoreront qu'à chaque fois, c'est lui et lui seul, l'ancien coureur amateur, qui aura franchi cette ligne en premier.

TACTIQUES

Ceux qui l'aiment feront le train

Mon heure a sonné. L'heure de montrer, qu'ils ont eu raison de m'engager, que je mérite mon salaire. Jusque-là, je rongeais mon frein, je roulais en dedans de la jambe. Bouillonnant, impatient de faire mal et de me faire mal.

Mon équipier vient d'avaler à bloc deux kilomètres de montée. Il a fait sa part, convenue ce matin. Sur la feuille de route, chacun s'est vu attribuer une portion de la pente. Tout était indiqué, la vitesse demandée, la durée de l'effort, la puissance à développer, la cadence de pédalage… Les deux autres d'abord, moi ensuite, pour terminer le travail, quand mon leader, d'un mot à l'oreillette, me donnera l'ordre de prendre les commandes. Sur cette feuille, il y avait mon agonie planifiée.

Le train est notre mode de gouvernance. Le signe de la dictature que notre équipe fait régner sur le peloton. La procédure ne varie guère : user, étouffer, écrémer, essorer, écœurer. L'objectif non plus : former autour de notre leader une garde prétorienne. Décourager toute attaque, annihiler même toute velléité. Le train est au cyclisme ce que le verrou est au football : la stratégie du cadenas.

Certains aiment l'odeur du napalm au petit matin. La vision de mon équipe en file indienne me flanque des frissons. Le rouleau compresseur, des fourmis dans les jambes. Quand notre formation part sur le sentier de la guerre, j'ai le sourire dans les socquettes. Les autres n'en mènent pas large.

Nous faisons donc le train. Son train. Nous sommes ses lamineurs de fond, nous brûlons tout notre charbon, avant que notre leader ne passe la surmultipliée. On a tous mis le bleu de chauffe, pour l'emmener dans un fauteuil, lui aplanir la montagne. Nous sommes ses *entraîneurs*, nous lui réchauffons les muscles avant qu'il ne monte sur le ring pour le round final.

Depuis que j'ai signé mon contrat, je sais à quoi m'attendre. Un sacrifice total de ma personne. Je suis de la chair à canon. Mais de la chair bien payée, au service du probable vainqueur.

Ce sera bientôt mon quart d'heure de gloire. Qui ne durera peut-être que dix ou douze minutes. Je suis un martyr minuté. Ensuite, je m'écarterai sans regret, avec la satisfaction du travail accompli. Une autre course débutera, entre cadors, dont je ne verrai rien.

Mon coéquipier vient de se garer. Les jambes tétanisées par l'acide lactique, il a tout donné. Il a surtout donné l'exemple. Bien calé dans sa roue, je suis monté en pression, déjà concentré sur ma mission. Je suis le dernier étage de la fusée. C'est à moi.

Me voilà devenu le conducteur du train. Je fais grimper les watts dont le chiffre s'affiche sur mon compteur que je lorgne d'un œil. À cette allure, je sais combien de temps je peux tenir. Je grimpe plus fort que mon collègue. Le meilleur pour la fin. Même les sacrifiés ont leur hiérarchie. Dans une équipe moins prestigieuse, je pourrais être leader. J'ai préféré jouer les lieutenants. Question de caractère.

Au moins, je n'ignore pas pourquoi je vais mourir. Dans mon dos, je devine une longue traîne de douleur. On me connaît, je suis un homme de sape, chargé d'éclaircir les rangs. Tel est le cérémonial d'usure dont j'ai été intronisé le maître. Un à un, ça lâche, au fond de la classe. Je les imagine, l'injure aux lèvres mais les dents serrées. Qu'ils essaient voir d'attaquer. Qu'ils essaient de se suicider.

Quand je ne contrôle pas mes watts, je fixe la route, la prunelle en dedans, tel un fakir. Le moteur s'est débridé, mes muscles, mon cœur, sont en ordre de bataille, tout en dévotion sacrificielle. Les entraînements nous ont habitués à ces sprints en pente. Le corps n'est qu'un chien fidèle, il suit, docilement.

Il y en a qui vissent des boulons. Moi, je visse un peloton. Je « me mets à la planche ». Aplati sur ma machine, je planche dur, sur mon chevalet de torture. Mais tout le monde, comme on dit chez nous, est « occupé ». Quelle ivresse de réduire à l'étouffée ce qui a pris l'allure d'un peloton d'exécution. Mon ambition ? Faire sauter de la roue des leaders, les faire exploser comme du pop-corn. La douleur à tous les étages. Maso peut-être, sado assurément.

Sur ma nuque, je sens le souffle du boss. Vas-y, continue, ne t'arrête pas, plus vite. Il me murmure des mots doux. Il a des impatiences dans les jambes. Ma seule crainte est qu'il me dise de lever le pied. Signe qu'il n'est pas dans un grand jour. Il y a des faux trains qui masquent une défaillance du leader. Il faut donner le change, montrer ses muscles, sinon, il sera attaqué. Le train devient du bluff, une opération de camouflage, d'intimidation. Mais aujourd'hui, il caresse les pédales, impatient de porter l'estocade. Je suis son homme de main et nous sommes deux bandits des montagnes.

Neuf minutes que je suis à fond. Nous ramassons les morts, les échappés éparpillés sur les pentes, en sursis, condamnés par notre train infernal. Laissez passer l'express. Un à un, je les avale en tête du cortège royal, machine à concasser du coureur.

Mais la jauge monte. J'entre dans la zone des douleurs. Je pédale des épaules, des oreilles, de tout ce qui peut. La caméra se rapproche, d'une impatience cruelle, à l'affût de ma dissolution. Mais chaque mètre accompli sera autant d'efforts en moins pour mon leader. Comment fera-t-il pour accélérer encore ? C'est son affaire, je serai déjà mort.

J'aperçois le prochain lacet. Ma ligne d'arrivée. Du coude gauche, je bats de l'aile, signal adressé à mon chef pour qu'il déploie les siennes. Le compte à rebours est enclenché, je fais grimper une dernière fois les watts, histoire de bien me faire péter la chaudière. Vous voulez assister à un suicide en direct ? Tous les compteurs sont au rouge, trois, deux, un… Je coupe le moteur et je mets la flèche…

Tout à l'heure le plus rapide, désormais le plus lent.

Tout en zigzags, tu n'es plus qu'un zombie. Un moribond au bout de sa vie, largué dans l'immensité comme le propulseur d'une fusée. La tête dans les chaussettes, à peine as-tu vu ton leader se dresser sur les pédales.

Petit coucou à la caméra qui ne s'attarde guère. Ciao la compagnie, je m'éclipse, je m'évacue de la scène ! La course se jouera sans moi mais sur elle, j'aurai pesé. Mon corps est imbibé de toxines, mais mon cerveau est euphorique. Si mon leader remporte l'étape, il rappellera mes travaux de démolisseur et en l'apprenant, l'émotion me gagnera. Car même les porte-flingue ont du sentiment.

Emballage

L'objectif, c'est de m'emmener dans un fauteuil. Un fauteuil à 70 kilomètres-heure. Sans accoudoir. Du genre montagne russe où l'on serre les fesses.

À cette allure, le moindre écart, la moindre faute, et c'est la valdingue, les quatre fers en l'air. Tonneaux assurés, empalement possible, membres cassés probables. Il y en a même qui y ont laissé leur peau. C'est peut-être mon dernier sprint. Si j'y pense, ce n'est même pas la peine d'essayer. On est suicidaire ou on ne l'est pas.

Nous n'avons froid ni aux yeux ni aux jambes. Dans le peloton, on nous prend pour des fous du guidon. Des cascadeurs castagneurs. Des trompe-la-mort, des chercheurs d'ennuis. Des drogués shootés au danger. Des cracheurs de watts qui montent à des vitesses prohibées, au milieu d'autres cinglés lancés à pleine balle.

Nous formons une confrérie, la brigade des voltigeurs. L'escadrille des grosses cuisses et des moteurs turbo. En quelques hectomètres, sur le bûcher d'une dernière ligne droite, nous prenons feu, brûlant toutes nos cartouches, carbonisant tous nos muscles. Nous avons la violence de l'incendie et la soudaineté de la flamme d'un chalumeau. Chaque sprint est un grand bal des ardents.

On marche à l'adrénaline. À l'excitation qui nous vrille les jambes quand on sent l'écurie qui approche. Mais c'est tout le peloton qui a la fièvre. Une poussée subite. On s'agite sur nos selles, on se gratte, cela nous démange de partout, c'est une épidémie de puces.

On voudrait déjà passer la surmultipliée, mais il faut patienter. Nous sommes de gros animaux éphémères, programmés pour ne faire la roue qu'une dizaine de secondes. Nous appartenons à une espèce rare, qui prospère sur le plat, paraît hiberner tout le jour pour ne se réveiller qu'*in extremis*, pour l'emballage final.

Surtout, ne pas s'emballer trop tôt. Laissons faire nos trains qui nous tractent et préparent le terrain. Laissons-les monter en puissance, mettre les bouchées doubles, foncer pleins gaz, jouer des coudes, des épaules, rouler des mécaniques, faire les gros yeux aux voisins. Avec ses colonnes de Panzers, le peloton prend une allure de Wehrmacht des beaux jours. Mais c'est moins la Blitzkrieg qu'une guerre d'usure, qu'une bataille des rails, où tous convergent, front contre front de taureau, sur la grande voie express où les spécialistes rongent leur frein en rêvant à la victoire au bout de l'avenue. Désormais, plus de temps mort, ce sera tout schuss et crescendo.

En attendant, chaque équipe dévouée à sa carte maîtresse mouline dans son couloir, aspirant à prendre le manche. L'heure est à l'intimidation, à l'hypercompétition. On se sent pousser des ailes de boxeur.

Chaque centimètre est une bataille, pour ne pas se laisser enfermer dans la prison du peloton. Vu de loin, nous semblons fuir une avalanche ou un tsunami. Mais nous fuyons seulement le spectre de notre défaite.

L'essentiel pour nous, les finisseurs, est de garder la roue de nos poissons-pilotes. Nous voilà devenus bancs de poissons. Dans les eaux tourbillonnantes de l'arrivée au port, nous filons, vibrionnants, guidés par des pilotes de rallye, des as du guidon qui font pour nous le ménage dans ce bouillon effervescent.

Mais si je perds leur roue, pas d'affolement. On se rabattra sur celle du favori à suivre jusqu'à ce que mort lactique s'ensuive. Je ne suis pas le seul à lui filer le train, on se presse au portillon, c'est la jungle à l'état pur.

Mais ce n'est pas seulement la loi du plus fort. Il faut être serein, patient, habile, malin. Serein pour ne pas perdre ses nerfs. Patient pour ne pas se brûler les ailes. Malin pour prendre la bonne aspiration. Habile pour s'engouffrer dans le trou de souris qui s'ouvrira un quart de seconde. *The right man at the right place at the right moment.*

Alors, oui, si les jambes ce jour-là sont aussi au rendez-vous, je pourrai peut-être sauter sur le fil celui qui croyait l'emporter. Les victoires à l'arraché sont mes préférées. Quand je me sens tiré vers l'avant, happé par une force qui me dépasse et qui m'aspire et qui me donne cette énergie du désespoir, où d'un ultime coup de reins, je jette mon vélo sur la ligne, comme on s'en va mourir en poussant son dernier soupir.

Et le vent nous portera

Mes coureurs le savent, le vent, on l'a toujours dans le nez. À moi de leur expliquer que cet ennemi peut devenir un ami. Une arme fatale. Cette arme a un nom, la bordure. Mais pas de méprise, ce n'est pas du jardinage.

Chaque matin, je consulte la météo. Le vent est un grand capricieux, jamais là où on l'attend. Je repère les endroits où il pourrait souffler de côté ou de trois quarts. Car le vent *bordurier* n'est ni de face, ni de dos, mais latéral. C'est un sournois, jamais franc du collier. Pour chaque étape, je coche les zones de turbulence, les coins vaches, les traquenards, exposés, sans mur ni forêt, ouverts à tout vent. Méfiance aussi sur les ponts, où il aime à s'engouffrer. Qui vive également le long du littoral, le vent du large est assassin. Vigilance, vigilance !

Par la faute d'une bordure, une gentille étape de plat peut vite se transformer en cauchemar. On croit être à la coule, mais des équipes ont décidé de semer un vent de panique. Quand leur piège s'évente, il est déjà trop tard.

Preuve que le vélo est une guérilla : on y agit sans prévenir, en rase campagne, entre deux villages ou entre deux massifs forestiers. Main basse sur la chaussée : les guérilleros sont aussi des putschistes.

À ce petit jeu des courants d'air, on trouve des experts. Le plus souvent Belges ou Hollandais. Des hommes des plats pays, des interminables lignes droites, longs coupe-gorges pour cyclistes. Dès leur prime jeunesse, ces loups de mer ont appris à naviguer. Car le vélo, à ce compte-là, cela devient de la voile.

La technique ne varie guère : l'éventail. Pour se déployer, chaque coureur pédale décalé en avant, précédant d'une roue son équipier qui en fait de même avec le suivant, en retrait d'un boyau. Chacun sert de paravent à l'autre. Qui a inventé cette ruse de guerre, je l'ignore, mais ces décrochages me rappellent les constructions militaires en redent, qui protégeaient des tirs en enfilade. Le vent est une sorte de mitraille.

Distribution des rôles Le plus costaud se place en tête pour prendre le vent. Il tient le gouvernail, imprime la cadence, à charge aux autres de donner forme à cette diagonale des fous. Si la route est assez large, plusieurs équipes font alliance. À l'extrémité, se dresse un Cerbère, qui claque la porte au nez des candidats. Si besoin, il les pousse par-dessus bord, dans la caillasse. Et l'éjecté, seul dans la pampa, se retrouve décramponné. Le piège referme ses dents.

Vu du ciel, le spectacle est splendide. On dirait une migration d'oies sauvages. Au ras du sol, la manœuvre est redoutable. Elle ne vise qu'à faire péter l'autre, à le faire sauter de la transversale pour le mettre dans le vent. C'est le coup de l'éventail.

Mais celui-là ne rafraîchit guère. Expulsés du ventre du peloton, les bordurés sont condamnés à former un autre éventail. Mais ils ont perdu le contact. La bise a fendu le peloton, l'a morcelé en une multitude d'éclats de coureurs, qui pédalent en oblique, la gueule de travers.

Plusieurs éventails se font ainsi la chasse. On dirait une régate. Certains s'effilochent, se disloquent. Le peloton prend le vent comme un navire l'eau. C'est la tempête, le sauve-qui-peut. Des éventails qui jouent à touche-touche, c'est le signe que l'écart tarde à se creuser. Tout rentre dans l'ordre, on replie les ailes, le putsch sera pour un autre jour.

Mais si on a les jambes et si la discipline a bien été respectée, le coup est souvent gagnant. Le vent disperse, dynamite, ventile. Les autres ont tardé à hisser la grande voile, nous avons déjà mis les bouts. Et le vent nous portera.

Bon dos

Énée, fuyant Troie vaincue, emporta son père Anchise sur son dos. Il s'en allait fonder Rome. Il est rare que nous fondions des villes, mais le destin nous oblige souvent à devenir le portefaix d'un parent, d'un amour, d'un enfant. De notre anatomie, le dos est la partie la plus généreuse, il incarne notre altruisme, notre sens inné de la solidarité.

Le cycliste est l'Énée à deux roues. Mais c'est parfois à son corps défendant qu'il prête son dos à celui qui le suit. Il s'offre en rempart, se propose en coupe-vent, joue les brise-lames sur la route des courants d'air. C'est le sacrifice du premier de cordée, du soldat monté en première ligne face au fatal ennemi, le vent, que l'on a dans le nez à défaut de l'avoir dans le dos.

« Le vent, L'avez-vous rencontré le vent, Au carrefour des trois cents routes », s'interrogeait le poète. Avec ce bandit des grands chemins, le cycliste fait souvent de mauvaises rencontres. Le vent rafle ses mains, mord dans ses bras, râpe ses jambes, soufflette ses joues, et le coursier grince comme une vieille poulie.

En file indienne, l'échappée, ou le peloton, prend l'allure d'une cohorte de fourmis aérodynamiques. Paradoxe de ce sport où l'on se prête mutuellement le dos, pardon la main, avant de ne plus se faire de cadeau. Un mutualisme qui accouche d'une loi de la jungle. D'autres lois, celles de la physique, font que le prédécesseur a presque toujours bon dos. Jusqu'au moment où il sollicite un relais, signe qu'il en a plein le dos du planqué qui se les roule.

Certains ont très bon dos. Des murs porteurs. Des gîtes d'étape, d'une parfaite hospitalité, assurances du moindre effort. Ils endossent toutes les rafales. Mais d'autres, sans mauvaise intention, ont fort mauvais dos. Ils sont ainsi bâtis qu'ils font naturellement le dos plat, refusant le moindre refuge. Impossible de reprendre son souffle dans leur roue, on est sans relâche à pédaler vent de face. Leur aérodynamisme parfait fait d'eux de très mauvais compagnons d'échappée. Des sans-dos sans pitié.

« Sucer, c'est tromper ? »

Tromper qui et sucer quoi ? La roue des autres, pardi ! Il ne la lâche pas d'un boyau, joue les sangsues, sans jamais prendre les devants. Le suceur de roues est un passif. Un petit comptable. Il joue placé, jamais gagnant. Ni jamais perdant. Car, à ne pas se mettre en danger, on ne risque guère de se brûler les ailes.

L'échec est sa hantise. Ses cauchemars ont un air de Bérézina. Alors, il joue petite jambe. Le baroudeur est un adepte du quitte ou double, le suceur de roues du tiens-toi-tranquille. Dans ce métier sans confort, il s'installe confortablement. Le panache l'effraie, les grandes chevauchées ne le font pas rêver. C'est un homme rangé, à qui l'on ne connaît qu'un seul excès, la modération. La robinsonnade, très peu pour lui. Quelques souvenirs cuisants de jeunesse ? Ce n'est pas à exclure. Ou une question de caractère, qui lui conseille de ne pas s'emballer, il pourrait se décevoir. Pour ne pas être de la revue, il roule en dedans de la main.

Il ne lève pas les bras, ne connaît pas les ivresses du podium. Mais à l'heure des bilans, il fait valoir ses top 10. Contrat rempli. Qui perd gagne, vous expliquera ce gagne-petit. Bien sûr, il manque l'étincelle, le dépassement de soi, la folie de ce sport où le grand jeu est de repousser ses limites. Mais à l'action, trop risquée, ce père de famille préfère l'obligation. Rendement inférieur, mais garanti.

S'il n'attaque pas, se justifie-t-il, c'est qu'il n'en a pas les moyens. Bon partout, excellent nulle part. À ce compte-là, on ne va pas très loin. On ne force pas son destin. Au diable l'aventurisme, pas de dépenses inconsidérées, vive la politique du juste budget. La route est longue et il faut ménager sa monture. Pas question de se prendre pour un autre. Et autres proverbes... Pour attaquer, insiste-t-il, encore faut-il pouvoir. Or, le suceur a rarement la giclette. Horreur des à-coups. S'il était chef d'orchestre, il battrait toujours la même cadence.

Puisque cet attentiste part battu, on lui reprochera son manque d'ambition. Qu'est-ce qu'il attend ? Que le leader finisse dans le ravin ? Il pourrait s'en étonner – plus de roue à prendre – et reculer pour mieux demeurer à son rang. Les solides lieutenants ont rarement fait des meneurs.

Quand on le traite de suiveur, voire de suiviste, il s'en défend : n'accompagne-t-il pas les cadors ? Nous avons donc affaire à un accompagnateur. Qui n'accompagne pas jusqu'au bout, puisqu'on le voit souvent décrocher quand le meilleur a déclenché les hostilités. Sucer n'est pas sauter. Il n'essaiera donc pas de sauter dans sa roue, préférant sucer celle d'un autre tant il aime les ombres rassurantes du vélo qui le précède. Se rappelle-t-on d'une ombre ? Il ne marquera pas les mémoires.

Et comment s'enflammer pour ces jeunes hommes tristes, ces petits bourgeois qui comptent leurs coups de pédale, gagnés par la loi du calcul. Mais ne faut-il pas de tout pour faire un peloton ?

J'ai ouï dire d'un suceur qui, de toute sa carrière, n'aurait attaqué qu'une seule fois. Et encore… J'emploie le conditionnel car cet exploit inouï aurait eu lieu dans un tunnel. Personne ne l'a vu faire.

L'emmerdeur

Les trois coups ont sonné : ceux d'une mise à mort annoncée. Fini de flâner, les choses sérieuses ont commencé. Les machines à rouler, bride courte sur les échappés, ont tiré sur la laisse et viennent de se mettre en route. Leurs trains vont transformer le peloton, ce paquet informe de coureurs, en un TGV lancé à pleine vitesse. C'est l'heure, pour chaque équipe, de remonter le sprinteur maison. C'est l'heure des gros bras et des grosses cuisses qui se réveillent de la sieste. Cent cinquante pachydermes, tête baissée, conspirent à la perte d'une poignée de coursiers épuisés. Se rejoue l'éternel combat des gros contre les petits, des collectifs contre les individus, des comités centraux contre les déviationnistes.

L'affaire est entendue, l'étape va, une nouvelle fois, se régler par un sprint massif. Le peloton se rapproche à roues de géants. Les échappés sont à sa portée, on ne donne plus cher de leur peau. Ils sont la souris promise au chat. Le chiffon rouge agité sous le nez des taureaux. N'en jetez plus, ils sont cuits, promis à l'ogre affamé.

Pour la dernière ligne droite, on s'expliquera plus tard, entre voltigeurs. En attendant, sur la route large, les colonnes de blindés se déploient, prêtes à jeter leurs forces dans la Blitzkrieg du jour.

Mais un petit bonhomme a décidé de dérégler la belle mécanique. Ce quelqu'un, c'est moi. Mon objectif : saboter les trains, les faire dérailler. Un équipier a pris l'échappée, si elle va au bout, il a toutes ses chances. Pour le protéger, il me faut donc mettre le bazar, me transformer en ralentisseur.

Une seule solution : casser les relais, semer la zizanie, m'intercaler dans les trains, jouer au grain de sable. Tout le monde veut réduire l'écart, je ne pense qu'à l'augmenter en perturbant le trafic. Je deviens une chicane.

Pour venir se frotter à tous ces adversaires, il faut être gonflé, agile et rusé. Je suis tout cela à la fois. Certains viennent me tasser, pour me dire leur manière de penser. S'ils croient m'intimider ! Je joue les étonnés, feignant d'ignorer que je suis un intrus. On me chasse, je reviens me fourrer dans leurs pattes. La méthode n'est pas très réglementaire, elle est cependant de bonne guerre. Pour gagner à l'avant, il faut des complices qui couvrent les arrières. Ainsi, je passe d'équipe en équipe. Saute de train en train. Je joue la mouche du coche, mais cette fois pour décourager. On va me maudire ? Qu'importe ! Je me sens investi d'une mission de sabotage.

Malgré mes manigances, le peloton est revenu sur les talons de l'échappée. Combien de secondes ai-je grignotées ? Je l'ignore. Ma plus belle récompense serait que mon équipier l'emporte d'un souffle sur les sprinteurs venus mourir dans sa roue. Preuve que j'aurais été un emmerdeur de première bourre.

Le boulet

Je suis le ténébreux, le mouton noir, le récalcitrant, le traître qui conspire à l'échec de ses petits camarades. Ma seule étoile est mon leader que je protège, envoyé en éclaireur. Dans cette fugue, il se trouve un rival qu'on a laissé partir bien imprudemment. Pour le ramener à la raison, une seule politique, celle du bâton dans les roues.

Je suis donc tout en mauvaise volonté. En refus de collaborer, de passer les relais. Une échappée est une équipée audacieuse entre alliés de circonstance. Chacun doit y mettre du sien sans arrière-pensée. Je suis plein d'arrière-pensées. D'ailleurs, je traîne à l'arrière sur le porte-bagage des fugitifs, où je pèse de tout mon poids.

L'échappée s'organise. Si elle va au bout, il sera temps de s'expliquer à la régulière, mais pour l'heure, le but est de creuser, selon une mécanique bien huilée. Une noria de pédaliers où chacun tire son bout, généreusement. On cède sa place au petit copain, qui ne rechigne pas, pour se laisser rétrograder en queue de groupe, avant de remonter, cran par cran, jusqu'à la tête, et ainsi de suite… C'est la chaîne de l'espoir. Un *round around the clock* fluide qui répartit l'effort dans une division équitable du travail. Ne pas être de la même équipe n'interdit pas de faire cause commune. Les jambes et les coureurs tournent bien, symboles d'une ronde rondement menée. Mais il y a un Judas. Un sauteur de relais. Un saboteur de cadence. Un *filocheur*, qui ne songe qu'à voiler les roues du bel ensemble. Si c'était permis, je leur balancerais des clous sur la chaussée.

Au début, on me fait des politesses. On feint de croire à ma loyauté en m'invitant à participer. Je secoue la tête : ce sera sans moi. Même s'il faudra compter avec moi. Ils finissent par se faire une raison : ils ont embarqué un croque-mort. Mais je pourrais faire de plus gros dégâts et leur casser la baraque, afficher mon hostilité, leur déclarer la guerre. Pour l'instant, je préfère me faire discret et rester, comme un enfant boudeur, au fond de la classe. Le nez sur leurs selles, je tue le temps en tablant sur leur déconfiture.

En d'autres circonstances, je serais prêt à leur filer un coup de main. Car moi aussi, j'aimerais tenter ma chance. Je ne suis pas un méchant, mais on m'a confié le rôle du boulet. Je dois rouler sans rouler. On ne choisit pas toujours ses personnages.

Ma mauvaise volonté pourrait bien finir par leur suggérer de compter à leur tour leurs coups de pédale. Allez, un peu d'égoïsme : je tente d'instaurer un climat délétère. Toute société nourrit en son sein des apôtres de la désunion, qui font catéchisme de la renonciation. Il me faut les convaincre qu'ils s'épuisent sans raison dans une aventure sans lendemain. Il en suffit d'un. Le refus est un virus. L'obstruction, une contagion. Tel est le raisonnement du diable. Car aujourd'hui, aucun doute, je suis le diable.

Bien joué

Ils sont quatre dans l'échappée et à moins d'une grosse engueulade, cela devrait se régler entre eux. Sauf que dans le lot, il y a un mouton noir. Toujours à grimacer, à escamoter sa part de travail. Un piètre comédien. On le connaît, il traîne une sale réputation. Mais comment s'en débarrasser ?

Quelques mots, un regard, ont suffi pour que les trois autres se mettent d'accord : le tartuffe va mordre la poussière. Dans un groupe, il y a toujours un mal-aimé. On parle dans son dos, on lui savonne la planche. Et l'intéressé est le dernier au courant.

À dix kilomètres de l'arrivée, ils attaquent à tour de rôle. À lui de boucher le trou. Ils le harcèlent, l'usent méthodiquement pour le sortir de leur roue. C'est l'hallali. On veut la mort du pécheur. Le pestiféré raisonne. Plutôt que de s'épuiser, prenons les devants. Ni une ni deux, il leur met une mine. Mais quand ils lui sautent tous sur le râble, il saisit le topo. Ah, les affreux, c'est qu'ils veulent ma peau.

Le favori, un Belge, en remet une couche. Mais cette fois, pas question de bouger. Laissons-leur faire le boulot. Sa tactique est simple : je ne gagnerai pas, et vous non plus. Vous voilà bien avancés. Ira, ira pas ? On se dévisage. On y va au bluff. La belle entente se lézarde.

Arrive sur ces entrefaites un cinquième larron, qui s'invite à la fête. Sorti du peloton, un Allemand déboule en plein imbroglio, sans s'attarder à de tels enfantillages. Il lui faut courser le Belge qui a filé sans demander son reste. Je viens de me trouver un ami, se dit le réprouvé, qui accroche les roues, la langue tirée, manifestant son extrême fatigue. Convaincus de pouvoir lui donner le coup de grâce, les autres le contrent. Les naïfs ! Ils croient que le grimacier va finir par crever.

Mais il prend encore leur roue. Un véritable morbac ! Certes, il crachote et cette fois pour de bon. En attendant, à eux d'en baver. Car il faut bien revenir sur le nouveau venu. Ils cravachent et dans leur débauche d'efforts, en viennent à oublier le crevard sur leur porte-bagage, ravi de l'aubaine, qui fait discrètement le mort. Mine de rien, il se refait aussi une santé. Et quand ils sont cuits à point, il les poignarde dans le dos. L'histrion vous salue bien !

Devant, le Belge n'est plus très fringant. Pour repousser le Teuton revenu en boulet de canon, il s'est imprudemment mis à l'ouvrage. Patatras. Ses jambes le lâchent, il doit rendre les armes. Une première fois, devant le Teuton, puis devant l'ennemi numéro un, qui a fait la peau à ses copains et qu'il laisse filer, le cœur gros.

Plus que trois kilomètres. Avec la rage du survivant, le galeux se démène. Où est l'Allemand ? Il l'aperçoit.

Il l'a en ligne de mire. Sur le bord de la route, ça gueule si fort qu'on ne s'entend plus : tout ce vacarme profite au revenant qui se glisse furtivement alors que l'autre continue à rouler comme un damné. On a beau le prévenir dans l'oreillette qu'il n'est plus seul, avec tout ce tintouin, il pédale comme un sourd tandis que derrière lui, on cogite. Là-bas, se profile un tunnel, un désert, le silence trahira sa présence.

À peine entré sous la voûte, il se dresse sur les pédales. L'autre a enfin compris, mais trop tard, qu'il avait de la compagnie. Le comédien a filé comme une flèche. Ce jour-là, on déclara qu'il avait fait un grand numéro.

Tous ensemble !

L'union fait la force. Le *gruppetto* en est la meilleure illustration. Dès les premiers lacets du col, un regroupement familial s'est mis en place. Le *gruppetto* réunit la grande famille des attardés. Qu'on ait emprunté ce mot à la langue italienne n'a rien de surprenant. Les transalpins ont toujours eu le sens de la famille.

D'emblée, chacun de nous a mis la flèche. Nous savons reconnaître nos limites, ne pas pédaler au-dessus de nos moyens. Notre honneur va se loger ailleurs, dans le souci du travail bien fait. Mission accomplie pour nos leaders, une autre course débute pour nous, rallier l'arrivée en temps et en heure. Un coureur esseulé s'épuise. Exposé au vent, sans relais, il risque de mal finir. Pour braver l'orage, voyageons à l'abri du troupeau.

Pour certains, le *gruppetto* est un syndic de faillite. Pour nous, une association de bienfaisance. Une amicale qui roule dans la même catégorie des sans-grades. Notre seule ambition est de ne pas sombrer. Devant, on lutte pour une place au paradis, derrière, on se bat pour ne pas plonger en enfer. Notre purgatoire ambulant mène sa barque avec prudence, en attendant des jours meilleurs et des routes moins pentues.

Un *gruppetto* se forme toujours selon le même cérémonial. Des grappes décrochent au fil des lacets, puis se regroupent et s'aimantent pour finir par ne plus constituer qu'un seul paquet, volumineux et rassurant. Le voilà bientôt placé sous l'autorité d'un chef qui fait office de comptable – pour sa maîtrise des délais – de chef d'orchestre – pour sa science du rythme – et de berger qui se fait fort de ramener toutes ses brebis à la maison.

Les plus vaillants ont pour ordre de prendre les relais. Les plus fragiles pour objectif de rester blottis au chaud. Chacun règle le pas sur son voisin. Pourquoi filer comme un trait ? Fini le fol empressement. D'où cette impression de sortie familiale. On se hâte avec lenteur. On prend des nouvelles. Ainsi processionne la grande transhumance des retardataires, qui touchera au but avant l'échéance fatale. Car rien ne sert de courir, il faut arriver à point.

Les Champs

Bientôt vingt jours que je souffre en silence. Avec leur litanie de cols, les jours indigestes se suivent et se ressemblent. Pour passer le temps, je pense à Paris, à l'apothéose sur les Champs-Élysées. Je rêve en serrant les dents à la plus belle avenue du monde pour supporter tout ce qui la précède. Pour que le corps tienne, il faut parfois que l'esprit batte la campagne. Je m'évade vers le dernier sprint qui se disputera ce jour-là et que je vais remporter. Aucun doute là-dessus. Si j'en avais, j'aurais déjà jeté l'éponge. Pour moi, la plus belle avenue du monde, ce ne sont que des pavés et un long faux plat montant.

J'avale les ascensions comme on avale des couleuvres. La montagne, mes grosses cuisses y sont comme qui dirait allergiques. Dès le pied de chaque col, j'ai droit aux plans de la télé qui traîne à l'arrière, à l'affût d'un visage en souffrance. La journée sera longue, me prédit-on.

Quelques équipiers ont la bonté de décrocher avec moi. Mes gardes du corps, qui me tiennent compagnie. Je leur trouve une gueule d'infirmiers, chargés de me ramener à la maison. Car dans l'équipe, on pense aussi à la victoire à Paris, un succès de prestige pour le patron. Un coup de blues ? Alors, on s'assure que je ne me décourage pas de durer. Mais pour passer la montagne, j'ai ma méthode. Un peu d'imagination. Je me figure l'Arc de Triomphe. La douleur en devient plus supportable. L'humiliation aussi, celle de franchir la ligne avec vingt minutes de retard. Patience, mon tour viendra. J'accumule de la frustration comme on accumule des forces.

Tandis que les autres se font la peau, je compte mes coups de pédale. Mon jour viendra. Ce jour-là, les autres seront cuits. Mon heure aura sonné. Je suis comme un joueur qui miserait tout sur sa dernière carte. Je perds avec sérénité, persuadé que la roue finira par tourner.

Avant Paris, il y a bien eu quelques sprints. Mais sur le plat, mes jambes font leur âge. Je manœuvre, je frotte comme avant, mais je suis moins explosif. Le vieux est un peu émoussé. En revanche, sur les pavés, en faux-plat montant, j'ai encore mon mot à dire. Sur les Champs, je vais faire un malheur.

Je fais le Tour de trop, murmure-t-on dans le peloton. Tout vient à point pour qui sait espérer. Chaque soir avant de m'endormir, je me repasse ma superproduction parisienne. Les immeubles défilent, les marques prestigieuses, que je longe comme un avion. Quand tout le monde a les yeux rivés sur le lendemain, je pense à mon ultime fulgurance. À mon chant du cygne. Sprintera bien qui sprintera le dernier.

Coup de folie

Comment écrire l'histoire d'un sport ? La Grande Histoire, il s'entend, non pas la chronique quotidienne oubliée le lendemain ni même un exploit retentissant. Mais cette Histoire qui brillera au firmament, dans le ciel inaccessible des dieux.

Nous faisons l'actualité, mais nous ne faisons plus l'Histoire. Du moins, nous n'avons plus le sentiment de la faire. La voilà réservée à un lointain passé auquel nous nous croyons réduits à nous mesurer, souvent à notre désavantage. Avant, c'était mieux évidemment, mais c'était aussi plus fort, plus marquant. À ce trébuchet, nos âmes ne pèsent guère. Nous ne valons pas tripette.

Écrire l'histoire d'un sport, c'est lui donner une tournure nouvelle, une forme qu'on croyait impossible. Tout a déjà été vu, tout est déjà couru ? Pas tout à fait. On peut encore déjouer les plans de course, les faire dérailler de leurs schémas, tenter une manœuvre absurde, condamnée pratiquement à l'échec.

Partir par exemple à plus de cent kilomètres de l'arrivée. Cela s'était déjà fait, avec des coureurs inattendus, qui surprirent sur un malentendu. Mais quand on est le meilleur du peloton, qu'on a la pancarte dans le dos, qu'on a vendu la mèche d'une attaque précoce, bref, quand on est seul ou presque face à une meute lancée à vos trousses, là oui, c'est du jamais vu si l'on arrive jusqu'au bout.

Tout le monde vous dira que dans ces conditions, partir à plus de cent kilomètres, c'est du suicide. Se tirer une balle dans le pied, dans la jambe, dans la tête, se brûler les ailes sans espoir de résurrection. Plus qu'une erreur, une stupidité sans nom, une formidable connerie.

Mais l'Histoire est l'art de ménager des surprises. De renverser la table, pour faire *tabula rasa*. L'art de déranger le programme, de démentir une fatalité, de démontrer que rien n'est écrit à l'avance, pas même le naufrage qu'on vous prédit. C'est la tactique qui se moque de toute tactique.

L'Histoire, c'est insérer du possible dans l'impossible, un possible, qui au cyclisme prend la forme de l'échappée condamnée d'avance. L'Histoire, c'est inventer de l'inédit, de l'inouï, pour qu'on se souvienne de ce dont l'homme est capable, en bien comme en mal. Des possibles de force, de bravoure, d'astuce, de témérité, d'endurance. Des possibles d'expédition insensée, de chevauchée follement téméraire.

Le coureur lui-même le confessera : il n'aurait pas dû agir ainsi. On l'a vu secouer la tête. Qu'allait-il faire dans cette galère ? Pourquoi n'a-t-il pas patienté, bien au chaud, pour porter plus loin son attaque décisive ? Mais il a basculé dans une zone inconnue d'où l'on ne revient pas. La raison lui souffle de se relever avant qu'il ne soit trop tard. L'orgueil lui ordonne d'aller au bout de sa folie. On sait à quoi s'attendre d'un artisan. L'artiste, celui qui invente, ignore ce que son élan va donner.

Cette course se déroule sans oreillettes. Plus personne pour le ramener à la raison. Le voilà libre comme l'air, libre enfin d'improviser, affranchi de toute consigne, de tout rappel à l'ordre de ses directeurs d'équipe, témoins impuissants de sa démence. Il pédale dans le silence de sa conscience, livré à son instinct, à sa démesure, à la tempête qui s'agite sous son crâne.

On parlera donc d'un coup de folie. D'un coup de sang d'abord – l'agacement devant tous ces assauts dont il était jusque-là l'objet – qui s'est mué en coup de génie à mesure qu'il a persisté dans son erreur. Car la vérité peut surgir d'une erreur renouvelée mais assumée : penser pouvoir tenir tête à la horde conspirant à sa perte.

Toute course a ses circonstances. Ce sont à ces *faits de course* que le champion s'en est remis, comme le grand stratège s'en remet aux aléas d'une bataille qu'il adapte à ses plans. Pour écrire l'Histoire, il faut toujours du jeu, quelque chose de lâche, d'indécis, d'informe, qu'on retourne en sa faveur. Il ne s'y prend pas autrement : des situations vont se créer, des alliés à l'arrière, des mésententes, dont je vais pouvoir jouer.

Car s'il tente l'impossible, il peut tabler sur l'effet de sidération. Non pas un affolement, mais un engourdissement. Puisqu'il court à sa perte, pourquoi s'affoler en effet ? L'affaire est entendue, il n'y arrivera pas, personne n'y étant jamais arrivé. Comment concevoir que le cyclisme ce jour-là se réinventerait ? Ne pouvant envisager l'inconcevable, ses concurrents sont demeurés prisonniers de leurs schémas de pensée.

C'est en faisant imploser tous les scénarios que l'on écrit l'Histoire. La page est blanche. Il faut tout recommencer, tout improviser. Et à ce jeu-là, dans cette absence de repères, celui qui a pris l'initiative a toujours un coup d'avance.

Tenter sa chance ? Il s'agit de bien davantage. L'Histoire est un coup de force, un saut dans le vide, un pari sans assurance. Où il faut aussi évidemment avoir les moyens de son génie, puis se vider de toutes ses forces, si l'on veut à la fin de l'étape donner une leçon d'Histoire.

PREMIER ENTRACTE

Ravito

À l'époque de Deliveroo, ils pédalent à contresens. La nourriture ne leur tombe pas toute crue dans le bec. Avant de toucher son frichti, il faut mouiller le maillot. Leurs barres, leurs compotes, leurs gels, seront vite digérés. Ont-ils même un tube digestif ? À voir ces « sans graisse », on peut se poser la question.

Mais toute étape mérite sa pitance. La fringale, qui ne prévient pas, pardonne encore moins. Quand ils entrent dans la sacro-sainte zone de ravitaillement, pas le temps de mettre les pieds sous la table. Ces roule-toujours attrapent au vol leur repas en continuant à tourner les jambes. Manger, pisser, discuter, se faire soigner, lire l'itinéraire… le vélo est une maison portative et le cycliste un multitâche.

Admirer le paysage, en revanche, n'est pas prévu au menu. Ce n'est pas de l'indifférence, mais du réalisme arithmétique : hormis les distances et l'inclinaison des routes, peu leur chaut.

On peut manger sur le pouce. Eux, ils mangent sur la selle, intermittents du repas ambulant et de son spectacle qu'ils ont inventé. Pas de ripaille, où l'on s'encroûte, la collation est expédiée avec un lance-pierres. Voilà pourquoi on parle de ravito. Terme raccourci pour un repas expéditif. Un mot qui ne met pas les petits plats dans les grands.

Avec le triathlète et le traileur, autres extravagants, le cycliste est le seul sportif que l'on voit s'alimenter en plein effort. Condamné à son régime de bananes, le tennisman est assis sur sa chaise. Imagine-t-on un footballeur ou un basketteur casser la croûte entre deux dribbles ou deux rebonds ?

Les cyclistes nous rappellent la nature strictement énergétique de notre alimentation. Tout est mis au service des muscles, transformé sur-le-champ en puissance et en vitesse. Tout leur corps, et le nôtre, ils nous le rappellent, ne sont qu'une combustion dont on pourrait établir l'équation mathématique.

À défaut de bal, ils auront la musette. Tels des chasseurs de prime, ils se l'accrochent en bandoulière le temps d'en faire l'inventaire. Le menu ne varie guère, remisé en partie, pour plus tard, dans leurs poches de kangourou. Pas question de se jeter dessus comme un morfal : le régime est sec et prévoyant. Le ravito devient un en-cas. Ce casse-croûte marque aussi une trêve. La course prend des allures de virée à la campagne. Couché d'ordinaire sur sa machine, voilà que le coureur se relève, transformé en excursionniste prêt à sortir le pique-nique. Mais la nappe ne sera pas dépliée.

Cet intermède champêtre, certains comptent bien en profiter. Puisque l'on fait relâche, les échappés dévorent leur entrée-plat-dessert pour se dépêcher de creuser l'écart. Au sein du peloton, des petits roublards misent aussi sur ce flottement gastronomique pour se faire la belle. La tartelette attendra. Moralité : il y a toujours des fâcheux pour vous gâcher un repas.

ÉCHAPPÉES BELLES

Liberté

Le directeur de course vient d'abaisser son bras d'empereur romain. La route est longue, mais la voie est libre. Les fauves lâchés, qui ne perdent rien pour attendre, ont des fourmis dans les jambes. Pas de round d'observation : les premiers pétards sont allumés. Le paquet se défait. C'est parti sur les chapeaux de roues. On dirait des lapins qui bondissent d'un fourré. La chasse est ouverte, mais les lapins chassés sont vite ramenés par la peau du cou.

Ce n'était qu'une mise en train. Bientôt, cela relance. Un vrai feu d'artifice. Au début de la journée, il est encore l'heure de rêver. C'est une débandade optimiste. On se jette à l'eau, advienne que pourra, avec l'espoir d'embarquer quelques compagnons d'aventure.

Tout le monde est frais, les jambes sont de feu. Le peloton est une fourmilière bourrée de coups de pied. Un troupeau de chevaux à débourrer. Une seule échappée sera la bonne, on s'en voudrait de la louper. Une seule qui aura droit à de nombreux plans caméras, maintenant que toutes les étapes sont diffusées en intégralité. Quand la télé était moins présente, on se disputait moins pour prendre la poudre d'escampette.

Ceux qui croient avoir raté le coche s'en vont à leur tour, impatients de raccrocher les wagons. La troupe fuit de partout. La course débute par une hémorragie.

L'avance plafonne à dix secondes. Impossible de creuser. Le bon de sortie tarde à être délivré. Nouveau regroupement à l'avant. Il faut tout recommencer. Confuse, chaotique, décousue, l'étape en est à ses balbutiements. Chaque jour, c'est la même histoire, la même (re)création du monde, le même développement, plus ou moins durable.

Revoilà de nouveaux candidats. Parmi eux, des récidivistes. Des obstinés qui ont coché l'étape. Pas question de moisir au milieu de la meute. Ils décampent à nouveau, filtrés par les équipes de leaders qui s'assurent qu'au classement général, il n'y a rien à en redouter. Les derniers à s'éclipser s'en vont sur la pointe des pieds, retardataires pressés de les rejoindre. Si tout va bien, ils se retrouveront un peu plus loin.

Mais tout va mal. Le peloton a encore dit non. Les parents refusent de donner leur permission. La liberté se conquiert de haute lutte, mètre après mètre. Les évadés insistent. L'écart monte à vingt secondes. Puis il stagne. Un bras de fer s'engage. Il s'agit de convaincre que l'échappée est dans la nature des choses et qu'il faut laisser faire la nature.

Mais aujourd'hui, le peloton est mal luné et rabat-joie. Tolérance zéro : les fugitifs sont ramenés au lasso. Cent fois sur le vélo, tu remettras l'ouvrage. D'autres démarrages. D'autres envies de grand large. Au bout du voyage, un passeport, qui sait, pour la gloire.

On y retourne donc. Quand les cerbères en auront assez de jouer les flics, cela finira bien par payer. Or, les flics, ça n'aime ni la pagaille ni le grabuge. Arrivera le moment où la chienlit, ça suffit, ils voudront mettre de l'ordre à cette anarchie : d'un côté, l'échappée, de l'autre, le peloton. Mais celui-ci fait encore sa mauvaise tête. Assez de ces coups de boutoir. À quand le retour au calme, à l'effort régulier ?

Cette fois, l'écart a vite grimpé jusqu'à la minute. On a manifestement levé le pied. Quelques kilomètres encore et la meute, magnanime, desserrera son étreinte et fera pipi. L'échappée sera *validée*. Car le peloton est une machine administrative qui chaque jour délivre son imprimatur. Au terme d'une bataille longtemps indécise, les positions se sont enfin précisées. Les rôles aussi. Le chat et la souris.

La trêve est signée. Bon vent, et à la revoyure, peu avant l'arrivée, quand il sera l'heure de se refaire la guerre.

Sur le fil

Vingt kilomètres encore et plus que deux minutes d'avance pour les échappés. Cela suffira-t-il ? Telle est la question. La seule digne d'intérêt pour cette étape de plat longue comme un dimanche de pluie. Tout à l'heure, l'avantage a grimpé à six minutes sans qu'on s'en inquiète. On les a laissés rêver, tirer sur la corde, qui a fini par se tendre. La liberté provisoire a ses limites. L'arrivée est en vue et le peloton s'est réveillé de sa sieste.

Ce peloton a ses tracteurs, ses bourreaux, qui tirent d'interminables bouts. Des métronomes, des scientifiques, qui ont la science millimétrée du grignotage. Ils incarnent le principe de réalité. La loi du nombre et du plus fort qui veut que le chat finisse par rattraper la souris. En attendant, on joue avec elle. On dose l'écart comme un chimiste ses pipettes. Revenir prématurément serait s'exposer à d'autres secousses.

Une minute tous les dix kilomètres : voilà ce que regagnerait un peloton requinqué sur une échappée. Le cyclisme a aussi ses théorèmes. Mathématiciens à leurs heures perdues, les coureurs ont appris cette loi d'airain concoctée par un esprit chronométreur. Le rapport de la masse à l'individu ramené à la raison. Greffier de l'inéluctable, l'ardoisier égrène le compte à rebours de cette neige qui fond au soleil, sous les yeux des condamnés qui désespèrent de ne plus creuser.

Une fatalité soumise à variation, selon le parcours, le nombre, la qualité, la pugnacité ou la fraîcheur des fugitifs, selon aussi la volonté, la vigilance ou l'organisation des poursuivants. Cette dernière dépend du nombre d'équipes représentées à l'avant qui seront ravies de laisser aux autres le soin de boucher le trou. Chez les coureurs aussi, on se soucie des économies d'énergie.

Après les tracteurs, les trains entrent en piste. La grosse cavalerie au service des sprinteurs à qui cette étape de plat est réservée. Les collectifs se relaient comme on fait les 3×8, engrenages bien huilés d'un écrabouillage à la chaîne. Le monde sans pitié des gros fait alliance pour écraser les petits qui auraient dans l'idée de faire de la résistance. À la faveur d'une longue ligne droite, le chat a la souris en ligne de mire. Il se lèche les babines. Cruel, il lève le pied, pour lui faire croire qu'elle a encore une toute petite chance.

Les statistiques, l'un des fuyards s'en moque comme de son premier cuissard. Il ne roule pas avec un manuel, mais avec son instinct. On ne sait jamais, une mauvaise entente du peloton, la morgue du chasseur trop sûr de sa proie, et ce pourrait être son jour.

De l'échappée moribonde naît ainsi une autre échappée, tel un serpent qui fait sa mue, abandonnant sa peau aux prédateurs. En refusant de rendre les armes, c'est le suspense qu'il prolonge. Tout est peut-être perdu, fors l'honneur : il s'offre un dernier baroud. Pour sa peine, il sera récompensé du prix de la combativité, inventé pour les *desesperados* dans son genre, losers magnifiques qu'on applaudira sur le podium à la fin de l'étape.

Moins d'un kilomètre. Ou bien il se relève, ou bien il croit à l'impossible, une victoire sur le fil, au nez et à la barbe du peloton qui fond sur lui. Ce n'est plus un chat, mais un aigle qui plonge sur une proie jetant ses dernières forces, sans se retourner, car la moindre seconde fera désormais la différence.

Les derniers mètres… Après 150 kilomètres à cravacher devant, ils comptent double, voire triple. La banderole d'arrivée brille au loin comme un mirage. Derrière lui, on a lâché maintenant les chevaux, ou plutôt des bisons furieux dont il sent le souffle sur sa nuque. On dirait qu'il fait du surplace, mais ce sont les autres qui reviennent comme une balle pour le coiffer sur le poteau. Les mathématiciens avaient bien calculé. Les bisons sont, on le sait, très futés.

Chasse-patate

Il l'a ratée comme on rate le train, le bateau, ou la marée. La perche que la course lui tendait, il n'a pas su la saisir. Le bon coup est parti, mais sans lui. L'occasion, il l'a loupée. L'effort, il faut savoir le fournir en temps et en heure. Quand il s'est réveillé, il était trop tard, les fuyards avaient déjà filé. Cours-y vite, cours-y vite, le bonheur est dans l'échappée.

Mais le retardataire ne s'est pas résigné. À la chaleur douillette du peloton, il a préféré finalement la poudre d'escampette. Le regret l'a emporté sur la raison. Car il faut être fou pour croire que les deux minutes, on va pouvoir les combler en solo. Personne ne l'a suivi dans sa folle aventure. S'il veut s'épuiser, grand bien lui fasse. Mais le nez au vent, il est parti à l'abordage, comme si un homme seul valait mieux qu'une bande organisée. Il y en a qui dansent ou parlent à contretemps, lui, c'est à contretemps qu'il a pris le large.

Qu'est-ce qui a bien pu lui passer par la tête ? Le souhait de montrer son maillot. Le besoin de prendre l'air. La lassitude du troupeau. Le ras-le-bol de la procession. Un brusque besoin de solitude. Ou le rêve inavoué de déjouer les pronostics, puisque sur le papier, sa virée solitaire est condamnée à l'échec.

Au début, le *lonely rider* regagne pourtant du terrain. Goguenard et mollasson, le peloton l'a laissé lui fausser compagnie. Il est frais, il roule à bloc. Seul, il compense son infériorité numérique par une parfaite entente avec lui-même. Aucun raté dans les relais. Sa détermination est intacte. Il trépigne à l'idée de pouvoir faire la jonction. S'il les rejoint, songe-t-il, il reprendra des forces. On s'encourage comme on peut.

Mais bientôt, il s'émousse. On se fatigue vite à être son propre relayeur. Perdu en rase campagne, il commence à comprendre qu'il est pris en sandwich. Un sandwich long de plusieurs kilomètres, dont il serait le petit bout de viande. Pris entre le marteau de l'échappée et l'enclume du peloton, il ne rattrape plus rien sur l'une et ne creuse plus sur l'autre. À son raid, la caméra a fait l'aumône de quelques plans de coupe avant d'aller voir ailleurs, là où la course va se jouer. Le voilà devenu le coureur invisible, naviguant dans un vaste *no man's land.*

« Qu'allais-je faire dans cette galère ? », se répète-t-il en crachant ses poumons. C'est aussi l'avis des commentateurs qui ne sont pas tendres pour ce coureur parti en « chasse-patate ». Dans les courses de six jours, les patates du ravitaillement ralentissaient la digestion et la poursuite. Piètre tacticien, le coureur en « chasse-patate », qui n'est plus un chasseur, n'est pas loin d'être une « patate ».

Il va bien falloir qu'il l'admette, tous ses efforts n'ont pas payé. Son directeur sportif lui demande d'ailleurs d'arrêter les frais. Bien tenté, le réconforte-t-il, pour mieux le convaincre de renoncer à son rêve. Le fugueur intempestif peut se relever, pour goûter à ses derniers instants de solitude, avant que le peloton ne l'avale sans un regard.

Le voilà rentré dans le rang. Renvoyé à l'anonymat de la troupe. Du moins pourra-t-il profiter de son ravitaillement – où les patates ont disparu du menu – pour méditer cette morale : rien ne sert de s'échapper, il faut partir à point.

L'élastique

Il va falloir que je me fasse une raison. De nous quatre, c'est moi qui grimpe le moins bien. À chaque accélération, je prends un éclat. Je saute de leurs roues, mes poumons se mettent à couiner, mes jambes deviennent de bois. Ne me secouez pas, je suis plein d'acide lactique !

On dirait qu'ils s'envolent. Ou bien c'est moi qui recule. Je prends cinq mètres dans la vue, puis dix, puis quinze, et à chaque fois, ce sont autant de secondes à mon débit. Le vélo est le règne de la sanction immédiate, de l'intervalle assassin, de l'écart qui menace de s'élargir en abîme. En faisant le trou, c'est ma tombe qu'ils creusent.

Mais mon au revoir n'est pas un adieu. S'ils avancent par à-coups, je lisse mon effort. Je le préfère régulier, la souffrance s'y tient plus tranquille. Le nez sur mon compteur, je prends des nouvelles de mon cœur qui bat la chamade. Ne t'emballe pas, mon cœur, ne t'emballe pas. Je suis à la rupture, à la lisière d'une zone interdite. La défaillance me nargue, l'agonie me guette. Mais mine de rien, je grignote. Le survivant est un gagne-petit, qui s'octroie des grâces fragiles. Et de sursis en sursis, on tient parfois jusqu'au sommet. J'effectue mon retour comme on ressort d'une crevasse.

Salut la compagnie, c'est le sparadrap. Le pot de colle. Vous me pensiez à la rue ? Me voilà ressuscité ! Avec votre permission, Jésus va jouer les prolongations. Ma résurrection n'a pas l'air de les réjouir. Ou c'est qu'ils font déjà sans moi. Mais cela va être encore ma fête, je le sens bien. En effet, las de m'avoir sur le paletot, ils remettent une mine. Nos retrouvailles auront été de courte durée.

L'élastique est tendu, mais ne casse pas. Je baisse la tête, je regarde mes chaussures. Je ne veux pas les voir disparaître, je ne veux pas savoir que la messe est dite. Alors, j'égrène le nombre de kilomètres qui restent, interminable compte à rebours de la souffrance.

Faire l'élastique, c'est refuser de mourir. Je pourrais rendre les armes, mais une petite voix me souffle de m'accrocher. C'est le yoyo de l'espoir qui ne veut pas me lâcher. Une fois encore, je vais revenir d'entre les morts. Car, comme les chats, j'ai plusieurs vies.

SURPRISES

Un enterrement

Thibaut avec Cépédien,
L'un Français, l'autre Équatorien,
Compères d'une même échappée,
quand la route s'est cabrée, se sont isolés.

Des montagnards,
ils ont la patte souple et le gabarit léger.
Les raidards
Leur donnent des fourmis et les sommets, des idées.

Thibaut le premier a secoué le manche
Et d'une accélération franche,
S'est débarrassé de tous leurs rivaux,
Sur les pentes éparpillés.

Tous ? Sauf Einer, qui s'accroche à faible distance,
Et qui, n'écoutant que son endurance,
Bien qu'il en ait plein le dos,
N'a pas dit son dernier mot.

Mais nos deux compagnons semblent avoir fait le trou,
Il ne leur reste plus qu'à enfoncer le clou.

Cependant, Cépédien fait son fatigué.
À Thibaut qui l'engage à passer,
Il tient à peu près ce langage :
Sans conteste vous avez de la puissance
Et vous tenez mieux la cadence
Or, vous constaterez à mon tangage,
Que je ne suis pas très en jambes,
Mais souffrez que je vous tienne compagnie.
Et après ce dithyrambe,
Il lui fait voir à sa mine défaite,
Qu'il n'est pas dans son assiette.

Thibaut toutefois se méfie.
Il en a connu des exténués
Qui soudain ressuscitaient
Pour lui planter un vélo
Dans le dos.

Ne s'en laissant pas conter,
Il en remet une couche
Pour mettre l'autre sur la touche.
Il prend dix mètres, puis douze.
Le treizième se fait désirer.
On croyait l'épuisé prêt à lâcher
Voilà qu'il fait la ventouse.

C'est qu'il en a gardé sous le cuissard
Et avec la patience d'un bénédictin,
Avec le flegme d'un confucéen,
Il grignote son retard.

Le Français n'aime guère les sangsues,
Qui font les tortues.

À la bonne heure,
Tu veux jouer à cela ?
Une nouvelle fois, il le plante là.
L'homme des équateurs
Recule d'un cran,
Mais, au train, sans affolement
Revient à petits pas
Jouer au sparadrap.

Pour couper court à cette discorde,
Déhanché de tout son corps,
Notre coureur essaie encore
De repousser le crampon dans les cordes.

Il y a du K.O. dans l'air.
Mais les coups glissent sur le challenger,
Loin d'être à la rue,
En trotte-menu,
Il recolle à sa roue.
Et Thibaut fait la moue.

À force de relancer,
Il risque d'y laisser sa santé.
Et il se met sur le côté.
Car il serait trop bête
De se fatiguer ainsi en tête.

Mais le maître suiveur
Décline l'invitation.

Non vraiment, ce n'est pas l'heure
Pour une telle proposition.
Non vraiment sans façon,
Il est à fond.
Passer un relais ?
Aujourd'hui, cela semble compromis,
Mais pour demain c'est promis.

Cet Équatorien est un vaurien,
S'indigne notre grimpeur.
Qui, un peu moins aérien,
Sent monter les chevaux-vapeur.
Un coquin et un fripon.
Un gredin et un mauvais larron.
S'il croit qu'il va l'emporter au paradis.
Et Thibaut lui parle un peu du pays.
C'est dire s'il lui lance de grands mots.
Égalité, fraternité, solidarité.
À l'autre, cela sonne comme de l'argot.
Se dressant alors sur ses ergots
Le Français s'emporte
Et laisse éclater une juste colère.
Mais à deviser de la sorte,
On perd du temps et ses nerfs.

De rage à présent, il se dresse sur ses pédales.
Il faut en finir avec ce scandale
Avec cette mauvaise comédie
Où je désespère de lui fausser compagnie.

Quelle audace ! Quel manque de classe !
Du peloton, il brandit la menace
Ne comprends-tu pas qu'il revient ?
Après vous, persiste l'Équatorien.
À trop se faire des politesses, on fait du surplace.
C'est ainsi qu'à force de boniments
Ils se dirigent fort lentement
Vers un enterrement de première classe.
Deux escargots, dirait-on, sur le goudron englués.

Cependant, Einer, qui n'en a pas perdu une miette,
Se voit de nouveau à la fête.
Bien remis en selle,
Les laissant à leurs vaines querelles,
Il les rattrape, les dépasse, et file,
Telle une automobile
Vers un succès pour le moins inespéré.

L'intrus

Dans le peloton, ou ce qu'il en reste, la grande lessive a commencé. Tous les favoris ont sauté, un à un, sortis de la roue par les deux monstres. On les sent pressés d'en découdre entre champions. Le duel attendu a débuté. Moi, en revanche, on ne m'attendait pas. Je me suis incrusté.

Qui c'est celui-là ? Je vois bien que je dérange. Je n'étais pas sur les tablettes, je suis l'invité-surprise, qui ne figure sur aucune liste. Mais il arrive que des anonymes se glissent parmi les VIP.

Je devine qu'on relève le numéro de mon dossard. Qu'on répète mon nom. N'y aurait-il pas erreur sur le coureur ? Non, c'est bien moi. Ce n'est que moi. Par quel miracle, ou prodige, puis-je leur tenir la dragée haute ? Le pire, c'est que je n'ai même pas l'air de forcer.

D'ordinaire, je ne suis là que pour faire nombre, sans faire d'ombre à personne. Un invisible du peloton qui peuple son ventre mou. Ma présence aux avant-postes est donc une anomalie. Elle frise le scandale. Le nain tutoie les géants. Le larbin s'invite chez les souverains. On veut bien que les derniers soient parfois les premiers, mais tout de même, ce n'est pas carnaval ! Le vélo est le règne du plus fort. Alors, de quoi je me mêle ? De l'air, moussaillon ! Nous sommes à fond, que fait là ce fâcheux ?

Moi-même je me stupéfie. Chaque coup de pédale m'abasourdit. L'euphorie me gagne. Je découvre la haute altitude. Je m'achète des souvenirs, pour raconter à mes enfants qu'un jour, allant au-delà de ce que j'étais, j'ai compris ce que je n'étais pas. Un jour de gloire et de grâce. Profitons-en.

On rêve tous de quitter le fond de la classe. Mais faire jeu égal avec les champions, on n'ose pas, même dans ses rêves les plus fous. Comme dans les rêves aussi, j'ai peur de me réveiller. J'appréhende une panne de jambes. Je redoute la fin de la féerie.

Révélation

Certains jours, les pédales me résistent. J'ai les grosses jambes, les pieds qui butent. Je ne suis plus qu'un damné de la terre qui pioche. Tout mon corps se disloque : me voilà à pousser aussi avec les épaules et les oreilles. Travailleur de force, je pédale carré, orphelin de cette rondeur qui épouse d'ordinaire le mouvement de la roue. Le vélo, ces jours-là, est un sport de combat. Je me bats avec ma machine.

D'autres jours, les roues d'un vélo sont comme les ailes d'un moulin. Elles tournent toutes seules, on a le vent dans le dos. Le vélo devient un ballet, le coureur a la gambette légère, il pédale dans l'éther.

J'étais dans un de ces jours-là à caresser les pédales. Des chevilles jusqu'aux mains, je déployais une puissance insoupçonnée et, je vous prie de le croire, insoupçonnable. Il me semblait que j'avais les jambes d'un autre. On frisait le quiproquo.

C'était l'étape-reine des Alpes. Un menu d'ogre. Le combat des chefs. J'étais resté au contact, avec le groupe maillot jaune, tracté par son lieutenant qui le valait largement. Tout le monde était à bloc. Moi, je me baladais, le sourire aux lèvres. Je souriais à la montagne que je trouvais belle, même sur ses pentes les plus raides. À 22 ans, je volais dans les cols. J'étais Bonaparte à Arcole !

Quand le lieutenant a encore serré la vis, j'ai sauté dans sa roue, insolent de facilité. On aurait pu se faire la malle en costauds, mais le lieutenant m'a fait signe qu'il ne pouvait pas laisser son patron, qui n'avait pas suivi. Distancer, à la surprise générale, les cadors ? Si j'osais. J'ai pensé à ce qu'on dirait de moi : la relève du cyclisme français, si longtemps attendue. À cette pensée, je me suis désuni. Le miracle a tourné court, le quiproquo a viré au malentendu.

Le soir, dans mon lit, je me suis repassé l'étape, avec l'envie déjà de remonter sur le vélo. Si j'ai choisi ce métier si ingrat, c'est pour vivre de pareilles extases et me promettre de les revivre. En attendant, j'ai mal dormi. Et le lendemain, j'ai été lâché.

Capteur

L'affaire est entendue, le favori attaquera dans le dernier col. Seule incertitude de son triomphe annoncé : le lieu de son démarrage. Mais il crève au pied de la montée, dérape même dans un virage, chute sans gravité, à ceci près qu'il doit changer de vélo. Dans la précipitation, il oublie d'enlever son capteur de puissance. Personne n'y prête cependant attention.

Attendu par deux équipiers, il réintègre le peloton pour en reprendre les commandes et placer comme prévu son accélération foudroyante. Mais il tarde à faire le trou, se retourne un peu trop souvent, comme s'il peinait à évaluer les dégâts. On remarque alors qu'il n'a plus son capteur.

Désormais, impossible pour lui de savoir où il en est de son effort. D'ordinaire, il lui suffit d'un coup d'œil pour juger s'il peut en remettre une couche ou s'il va « se mettre dans le rouge ». Un seul chiffre, en kilowattheure, lui permet de doser sa puissance. De jauger sa domination sur les autres dont il n'ignore rien non plus des données. Mais cette fois, il est dans le flou. Voilà pourquoi il se retourne.

Ciel, mon capteur ! Tel l'avare Harpagon qui ne retrouve plus sa cassette, il pourrait s'écrier : « Hélas, mon cher ami, on m'a privé de toi, et puisque tu m'es enlevé, j'ai perdu mon support, ma joie, ma consolation. Sans toi, il m'est impossible de… *courir*. » Orphelin de son capteur, il accélère dans le vague, fonce dans le brouillard. Il ne *capte* plus rien.

Le sport est à l'athlète ce que le « connais-toi toi-même » est au philosophe. Mais une telle maîtrise ne va plus désormais sans branchements. Malgré sa parfaite forme physique, il ressemble à ces malades intubés sur leur lit d'hôpital.

Il pourrait tenter de repousser ses limites. Trop risqué. À son niveau, le cyclisme est une science millimétrée. Sur une pente à tel pourcentage pendant *x* kilomètres, il sait qu'il vaut tant. S'il navigue en dessous, c'est qu'il est dans un jour sans. Les chiffres ont remplacé les sensations. Le capteur est son radar, sa seconde oreillette – avec la voix de son entraîneur assis dans sa voiture – qui lui transmet en temps réel des nouvelles chiffrées de lui-même. L'intelligence artificielle a déjà pris les commandes.

Maître de son horloge physiologique, le capteur lui dicte son tempo, et par conséquent, le tempo de la course. Il ne reste plus qu'à obéir comme l'esclave à son maître. Le cycliste a beau multiplier les échappées, il ne saurait se soustraire à son époque.

À cela, une bonne raison : à l'heure de vérité, ce sport se réduit à développer une puissance. Mais puissance sans une certaine science n'est que ruine du coureur. Sans son capteur, il n'est plus qu'un colosse qui roule en aveugle.

Dans l'ignorance du niveau de ses réserves, il en garde donc sous le pied. Il est en tête, mais affiche une mine préoccupée. C'est qu'il est occupé à se chercher. C'est qu'il apprend à réécouter – et non plus à lire – les signaux que lui adresse son corps redevenu un inconnu.

Un dilemme guette le cycliste moderne. Dans l'oreille, son manager lui dit de se calmer, alors que son capteur l'informe qu'il est loin d'être à fond. Que faire, tiraillé entre ces deux injonctions ? Imaginons qu'avant d'arracher son oreillette et de débrancher son compteur, il supplie qu'on lui foute la paix. Mais tout ceci bien sûr est pure imagination.

Déconvenue

Un coursier péremptoire
Ne respecta pas la consigne
Qui veut qu'on n'est assuré de la victoire
Qu'une fois franchie la ligne

Oublieux de ses derniers devoirs
S'imaginant le phénix de l'étape
Croyant tous ses rivaux passés à la trappe
Il vit alors s'évanouir tout espoir

C'est qu'il en manquait un
Qui revenu du diable vauvert
Ou bien des enfers
Joua l'importun ou si l'on veut l'opportun

Mais voyons comment se réalisa
Cet empressement à lever les bras

Prudent, il laissa d'abord
Les autres produire leur effort

Le soir jusque très tard
Il avait révisé l'éprouvante arrivée

Notant le dernier raidard
Cochant l'ultime montée

Dans ces rudes rampes
S'épuisent en effet deux impatients partis devant
Bientôt pris de crampes.
C'est alors que d'un coup de reins foudroyant

Il en dépasse un, puis deux
Les décroche
Leur met une sacoche
Et très facilement paraît leur dire adieu

La route devant lui
Se dégage
Loin de son sillage
Ils semblent définitivement cuits

Ce succès, se souvient-il guilleret
Lui avait été annoncé par un médium
Qui lui prédisait un bouquet sur le podium
À lui les lauriers, c'est comme si c'était fait

Encore du plat sur vingt mètres
Mais quel besoin d'en remettre
Pourquoi se dépouiller
Pour cette formalité ?

La banderole à grands pas approche
C'est ma foi dans la poche

Surprises

Sur sa joue
Déjà le baiser de l'hôtesse
Se dépose tout en gentillesse
Un frisson lui parcourt le genou

Il croit entendre les vivats du public
Qui acclame le nouveau cacique

Et pour apparaître plus beau
Il prend le temps de rajuster son maillot

À présent il cède aux plaisirs de la roue libre
Et sur sa machine peaufine son équilibre

Mais voilà qu'un des deux coquins
Qui n'avait pas dit son dernier mot
Voyant qu'on musardait en chemin
Vient au vainqueur faire la peau
Et le coiffer au poteau

Et l'autre qui s'était vu trop beau
Comme tiré en arrière
Trahi par son erreur grossière
S'avise les bras tout en haut

Tout désarçonné et bien tardivement
Qu'il est Gros-Jean comme devant.

MAILLOTS JAUNES

Élévation

La ligne d'arrivée est en vue, mais rien ne presse. Il a près de trois minutes d'avance. Un confortable matelas où il peut se prélasser, fumer la pipe, admirer le paysage, finir en roue libre comme on enchaîne les tours d'honneur.

Voici plus de quatre-vingts kilomètres qu'il leur a faussé compagnie. Une accélération a suffi à son envol. Certains ont fait mine de vouloir l'accompagner, avant de se raviser, plus résignés que suicidaires, réintégrant le peloton des favoris réduit à un agrégat de seconds. La course menaçait d'être longue.

À l'extraterrestre aussi, elle a paru longue. Pendant les deux heures de son raid solitaire, il a eu le temps de réfléchir à son geste final, s'y préparant comme un roi à son sacre. Aujourd'hui, il ne suffit plus de l'emporter, il faut signer ses succès. Soigner la présentation. Parachever le triomphe d'un show qui fera le tour des réseaux. Faire un beau vainqueur certes, à condition aussi de faire le spectacle. Il a tué le suspense, il le sait, mais en compensation, il offrira un petit bonus.

La ligne d'arrivée franchie au ralenti, il descend de son vélo et le soulève comme un trophée. Après deux cents kilomètres, il ne semble pas fatigué. Métamorphosé en colosse, voilà qu'il s'offre une petite séance de muscu. Le vélo est devenu un haltère et le cycliste un haltérophile.

D'ordinaire juché sur sa machine, le cycliste file sans poser le pied entre ciel et terre. Ici, la perspective est renversée. Planté sur le bitume, il se tient sous son vélo brandi vers les cieux. Ou les dieux. Un geste de gratitude et de communion qui fige le résultat sur la ligne, à seule fin de le graver dans le marbre de l'exploit. *Urbi et orbi*, le vainqueur proclame : ceci est mon vélo. Comme s'il s'agissait de son cheval, pour lequel il réclamerait aussi des vivats.

Non seulement il a fait corps avec sa machine, mais voilà celle-ci dotée d'une âme. Serait-ce là le fameux supplément d'âme ? Du moins, cette élévation à la face du monde et des fidèles lui confère un pouvoir nouveau, tel qu'il semble transporté avec elle dans une mystérieuse nuée. Le mystère de son invincibilité.

Duel au sommet

L'un a le visage triste en lame de couteau, l'autre, la bouille ronde et hilare d'un enfant. Mais deux champions aussi proches, il semble qu'il ne s'en soit jamais vu. Il va pourtant bien falloir les départager. Mais ils ne semblent pas pressés de se laisser. Leur *mano a mano* restera dans les annales, aussi le font-ils durer, comme on prolonge une rencontre qu'on devine historique.

Ils se jaugent à la mesure de leur estime réciproque. Souvent, c'est le blanc, à l'affût, qui déclenche, tapi dans la roue du jaune qui pédale des yeux dans le dos. Le chasseur devient le chassé et vice et versa. On dirait deux félins qui vont se déchirer à belles dents. Des dents qui sont sur leurs pignons. L'un tente de museler l'autre qui ne songe qu'à le mordre. La victoire, qui observe leur passe d'armes, hésite, incapable de choisir son camp.

Le matin, sur la ligne de départ, ils se serrent la main. Bien dormi ? L'explication sera pour plus tard, dans les cols, juges de paix du cyclisme. Seuls au monde, ils réduisent leurs concurrents au rôle de figurants. Le soir, après la bataille, ils se congratulent, comme si rien ne s'était passé, comme s'ils n'avaient pas essayé de se faire la peau. Une lutte très correcte à coups de chaînes de vélo. Sur les machines de décrassage, la course terminée, ils continuent à pédaler côte à côte. Chacun vaque à ses petites affaires. L'un appelle sa femme, l'autre sa copine.

Chaque jour, ils remettent leur bataille sur le métier. Leur duel est une partie d'échecs, où ils tentent des coups de maître. Leur seule défaite ? Leur incapacité à se lâcher d'une semelle. L'un prend quelques mètres sur l'autre, se retourne pour en juger, mais le trou n'est pas fait. Maîtres aussi du suspense, ils ont l'obligeance de laisser croire que l'un d'eux va finir par craquer. Mais tout rentre dans l'ordre. Ils sont au coude-à-coude comme deux candidats à une élection qui se jouera à une poignée de voix. *Pour une poignée de secondes* : tel pourrait être le titre de leur superproduction.

Leur duel prolonge ces tournois d'antan où les champions, aux couleurs de leurs clans, s'affrontaient à coups de lances. Les montures ont changé, les armes sont tombées, mais nous avons gardé le goût du combat singulier, cet appétit pour le défi, le sang et la mise à mort. Sommés de prendre des paris, les experts avouent chaque soir leur perplexité. Le sport aussi a ses improbabilités. Un coup l'un, un coup l'autre, chacun grappille à tour de rôle. Il faudrait souhaiter qu'il n'y ait pas de vainqueur. Mais la course ignore le match nul. Le temps, même le plus infime, finira par les séparer. En attendant, la joute continue. Blanc pair et passe ? Jaune impair et passe ? Faites vos jeux, rien ne va plus…

Chasseur

S'il bouge, il bougera. S'il attend, il attendra. S'il freine, il freinera. S'il s'écarte, il s'écartera. S'il va pisser… À l'affût, invisible, bien calé dans son sillage, il ne le lâche plus d'une roue. Il est l'ombre de son ombre. Son hologramme insistant. Invisible certes, mais pas imperceptible : l'autre sent son souffle sur sa nuque. Entend tourner les rayons de son vélo, en distingue les contours qui assombrissent le bitume. Sur son porte-bagage, son rival s'est invité.

Personnellement, je ne supporte pas qu'on marche derrière moi. On me suit, c'est certain. Je me retourne, je ralentis, je m'arrête, je change de trottoir, je deviens fou. Ce n'est souvent que mon ombre que j'ai prise pour un limier pas très fin. Lui, c'est son rival qui ne décolle pas de sa roue. S'il était dans son équipe, il serait son garde du corps. Là, c'est son pot de colle. Parfois, il l'oublie car on s'habitue à tout, même à son geôlier. Le peloton est un troupeau, les cyclistes sont grégaires. Mais il s'agit ici de champions. Des solitaires qui ont une sainte horreur du marquage à la culotte.

Lui ne l'oublie pas. Comment le pourrait-il, il l'a sous son nez. Il sait tout de son *body language*, de son appui sur les pédales, de ses manières de tourner les jambes, de poser ses mains sur le guidon, de sa cadence de pédalage, de son usage des vitesses, de la puissance qu'il dégage… Il a le temps de l'étudier sous toutes ses coutures, jusqu'à le connaître mieux qu'il ne se connaît lui-même.

Tapi dans son dos, il attend que l'autre se lève de sa selle et passe à l'offensive. S'il veut refaire son retard, il n'a pas le choix. Voilà pourquoi il se tient derrière, chasseur-observateur. Il le verra venir. De l'utilité des études : il pourra le lire comme un livre ouvert. Mais une chose est de tout savoir de son ennemi, une autre est de lui régler son compte.

À présent, ils sont à fond. Sa roue de devant flirte avec la roue arrière de l'autre jusqu'à ne plus former, semble-t-il, qu'un tandem. Ils se rendent coup pour coup de pédale. Bientôt, il va savoir à quoi s'en tenir. Si son rival, qui tente de l'user, en a encore sous le pied ou s'il commence à flancher. Dans ce dernier cas, il sera temps pour lui, s'il a les jambes, de sortir enfin du bois. Une attaque masquée, qui fera de lui à son tour le chassé.

L'Instant

Au terme des trois semaines, ils ont passé plus de 90 heures sur le vélo. Soit près de quatre jours. Pourtant, à l'arrivée, l'écart entre les deux premiers ne dépasse guère la minute. Mais qui se souvient de l'étape où la course se joua à quelques secondes ? Si ce jour-là, l'un avait comblé l'infime écart qui le séparait de l'autre, l'issue de l'épreuve en aurait été bouleversée. Relativité du temps, quand tu nous tiens !

Une course peut se perdre ou se gagner à tout instant. Mais il est des instants plus décisifs que d'autres. On parlera de « tournant ». Le match pourrait basculer. La victoire retient son souffle et observe ce bras de fer indécis, ou plutôt cette « jambe de fer ». Ce jour-là, qu'a-t-elle vu ? Une intense partie de manivelles. Deux machines-pistons poussées à fond qui donnèrent toute leur puissance.

Ce ne fut pas l'habituelle passe d'armes, le classique *mano a mano*, où chacun, à tour de rôle, place une accélération pour décramponner l'autre. Cette fois-là, le leader a fait le trou, mais insuffisamment. Quand il a démarré avec une violence rare, on s'est dit, cette fois, il s'envole. Au lieu de quoi, il a plafonné, et l'écart avec lui. Pas plus de neuf secondes. La veille déjà, il s'était fait remonter par son dauphin. À toi, à moi : chacun avait fourni son effort. Cela s'était soldé par un match nul, mais on n'avait retenu que la remontée.

Une fois encore, le challenger n'a pas répondu sur-le-champ. Ruse ou nécessité ? Laisse-t-il l'autre se fatiguer pour aller le cueillir un peu plus loin ? L'écart se stabilise, puis diminue légèrement. Devant, le leader se retourne, passablement inquiet. Sent-il les forces lui manquer ? Regrette-t-il d'en avoir présumé ? Si l'autre recolle, il ne pourra plus le lâcher et ce nouveau match nul aura le goût d'une défaite. Il n'est pire adversaire que celui qu'on ne peut achever. Puisqu'il n'arrive pas à s'en débarrasser, mieux vaut en garder sous la pédale, et l'attendre, quitte à en remettre, quand il sera revenu dans sa roue. Mais que se passe-t-il vraiment ? On aimerait bien le savoir.

Et que se dit l'autre ? Qu'il faut y aller mètre après mètre, car il reste plusieurs kilomètres. L'œil sur son compteur, il dose ses watts. Il l'a en ligne de mire, à portée de fusil. Un avantage si on recolle. Un handicap si le trou se creuse. Parfois la cible mouvante est avalée par les spectateurs, qui vibrent à l'unisson de cette lutte à distance, où chaque coup de pédale a la violence d'un uppercut.

Reviendra, reviendra pas ? 25 mètres les séparent. Une bagatelle. À cette vitesse, avec la pente, un abyme. Relativité aussi de l'espace. Neuf à dix secondes, l'écart de tous les possibles. On peut rentrer rapidement, on peut tout perdre également. Le temps semble suspendu à leurs efforts respectifs. Tout se joue dans la tête, dans un duel aiguisé de leurs volontés. Ils avancent de concert, et pourtant ils sont à couteaux tirés.

Mais a-t-on jamais vu deux hommes progresser à distance et à allure parfaitement égale ? Le vélo ne connaît pas les clones. Quelqu'un va flancher, forcément, céder du terrain, insensiblement. Et par ce fléchissement, donner enfin un cours plus lisible aux événements.

Cette fois, le leader a résisté, ne remportant l'étape que d'une vingtaine de secondes, juste ce qu'il fallait pour que son dauphin n'y revienne plus. Sur le podium final, eux seuls ont en mémoire cet instant capital. Où la victoire s'était décidée enfin à choisir, discrètement, son camp.

Avant-garde

À la guerre, on les appelle des éclaireurs. Envoyés en repérage, ces francs-tireurs sont l'avant-garde de l'armée, chargés de préparer le terrain. La route, pour les coureurs, n'est qu'un champ de bataille où il faut disposer de ses équipiers comme d'autant de relais, de points d'appui, avant de porter l'estocade finale.

La tactique de l'éclaireur préfigure de grandes manœuvres. C'est un signe *avant-coureur.* Aujourd'hui, ça va bouger. Le leader voudra attaquer dans le dernier col et s'il réussit à distancer ses rivaux, il compte bien y retrouver son lieutenant. Un homme à l'avant ? Oui, mais en attendant le second, son retour de l'arrière qui aura été anticipé par le premier. S'il est difficile d'accélérer, il est plus facile de temporiser, surtout en montagne. « Il revient, il revient », lui criera-t-on dans l'oreillette. « Bois, mange, détends-toi, tu vas bientôt en avoir besoin. » Quand la jonction aura lieu, le patron refera équipe le temps de refaire le plein, de souffler dans la roue de son poisson-pilote, qui sait ce qu'il lui reste à faire : donner tout ce qu'il a. Mais en a-t-il encore ?

Pour s'extraire lui-même, il a dû s'employer. Il n'est qu'un lieutenant, on le sait moins fort. Il annonce l'offensive de son patron mais quand celui-ci le rejoint, il est forcément entamé. Bien sûr, il va se mettre au seuil, mais peut-on rallumer un feu déjà consumé ? Ne va-t-il pas ralentir son leader et aboutir à l'inverse du résultat escompté ?

La tactique de l'éclaireur est un pari sur sa fraîcheur, son utilité de cheval de trait qu'on crève avant de changer de monture. La course idéale serait de retrouver à chaque col l'un de ses hommes, comme dans les relais de poste où l'on voltigeait d'un destrier à l'autre pour porter une importante nouvelle. Toute victoire, à Paris ou ailleurs, passe par de tels sacrifices d'équipiers dont on se sert comme d'autant de tremplins vers la gloire.

Mais on a vu des éclaireurs incapables de remettre en route malgré les encouragements cravachés de leur leader. À quoi sert-il de rejoindre un agonisant planté là, au milieu de la montagne comme un pion inutile, escamoté en quelques coups de pédales ? À défaut de donner ses jambes, il donne son dernier bidon. La tactique a fait pschitt. Sur le papier, rien à redire, mais pour couronner ce menuet en trois mouvements, il a manqué le pas de deux, le tractage final, le geste du hara-kiri où le samouraï s'ouvre les tripes pour porter son seigneur sur son dos.

Pour autant, ce détachement de patrouille sera payant si la bagarre est déclenchée assez tôt. Il ne suffit pas d'avoir un coup d'avance, il faut prendre son élan de loin. C'est en plaine ou en descente que le portefaix est le plus précieux. Il prend tout le vent, tous les relais, tandis que le leader, pacha sur son porte-bagages, pense à la suite. La course ressemblera alors à ces cavalcades de western où le héros, au terme d'une équipée poussiéreuse, laisse son compagnon épuisé, avant de galoper vers son destin. Une petite tape sur l'encolure, un adieu expéditif, et le voilà qui se dresse sur ses étriers comme on joue à saute-mouton.

Paroles, paroles, paroles

Il est venu, il a vu, il a vaincu. Le champion est sorti de sa tanière pour rafler une énième victoire annoncée. Car du haut de son insolente supériorité, il ne s'embarrasse même plus de secrets. Le matin même, il avait annoncé l'endroit précis où il attaquerait. La terrible côte de la Redoute. Qu'il était le seul à ne pas redouter. Tel un artiste partageant la vision de son prochain chef-d'œuvre, il en avait projeté le décor à l'avance. Qui ose le suive. Un seul a osé, à ses risques et périls. L'insolent s'est accroché jusqu'à se faire sauter la caisse et devoir rentrer dans le rang des judicieux qui avaient préféré ne pas s'y frotter.

À l'arrivée, le vainqueur apprend qu'il vient d'améliorer le record de la montée. Pour dissuader les inévitables questions, il met cette diligence sur le compte d'un remarquable travail collectif. L'équipe a fait un *super job*, répète-t-il dans son anglais rudimentaire calibré pour les interviews. « Domen » – c'est le prénom du coéquipier qu'il tient à saluer avec magnanimité – « a roulé à fond au bas de la côte, il a été formidable, ensuite, j'ai fait ce que j'avais à faire… » Tout simplement. Voici l'exploit ravalé au rang d'un simple devoir de classe. À l'ère du soupçon généralisé, le vainqueur n'a d'autre solution que d'adopter un profil bas. Toute victoire devenant suspecte, il faut la banaliser, la réduire à une sympathique promenade dominicale.

Invité à préciser, il consent à admettre qu'il avait *reconnu* cette côte très souvent. Comme si la connaissance du terrain suffisait à insuffler le supplément d'énergie qui vous propulse sur des pentes à treize pour cent.

Plus la performance est exceptionnelle, plus le discours sur les coulisses de l'exploit est plat comme la main. On l'enveloppe d'un écran de fumée, d'une langue de bois recyclée à chaque succès. Seul le gagnant en sait les vraies raisons, et encore, en est-il si certain ? À l'en croire, ce n'est pas lui qui a gagné, mais son équipe qui l'a poussé par son dévouement : son sacrifice fut sa manière de leur dire merci. Amen et bonne nuit, les petits.

Si on insiste vraiment, il évoquera son amour tout particulier pour cette course. Sous-entendu : j'ai tout donné, je ne pouvais pas faire moins. Ou bien il consentira à confesser qu'aujourd'hui il se sentait « bien ». Comme si les autres s'étaient sentis un peu moins bien.

Ainsi le vélo, théâtre des prouesses les plus exigeantes, s'accompagne-t-il des vieux standards d'un discours aseptisé. La fascination est à ce prix, et tant pis pour les suspicions. Le héros a les jambes, mais la tête enfile des perles. Vous avez tout vu, il n'y a plus rien à voir, ni surtout à entendre. À une époque qui prône l'humilité, le champion se doit là aussi de donner l'exemple. Un bon communi(c)ant qui n'humilie pas ses adversaires. Mais qui se paie notre fiole, tel un petit saint cachottier, nimbé dans son mystère.

Trou noir

Pourquoi a-t-il rétrogradé ? D'ordinaire, quand la pente se cabre, il ne quitte plus les premières positions. On s'interroge. On s'inquiète.

Hier, son rival a pris une option sur la victoire finale. On attend sa réaction. Est-ce du bluff ? Ce n'est pas son style d'attaquer du fond de la classe. Un problème mécanique ? On vérifie ses roues, on scrute son dérailleur. Rien à signaler.

Il recule encore. Les derniers du groupe des leaders le voient glisser à l'arrière. Les passages les plus raides n'ont pas débuté qu'il est dépassé par des coureurs qui n'aperçoivent d'habitude que son dossard. Aujourd'hui, la bagarre n'a pas commencé et c'est lui qui voit le leur. S'il voit encore quelque chose.

Il vient de décrocher comme un second couteau, décramponné, avalé par les abîmes. Stupeur et tremblement. L'affaire est grave. Il a le visage aussi blanc que son maillot. Un maillot grand ouvert, comme sa bouche, qui cherche de l'air. La défaillance lui tombe dessus comme le ciel sur la tête. Jusque-là, quand il s'en allait, c'était par-devant, jamais par-derrière. On se retourne, incrédule, pour le chercher du regard. Mais il a déjà sombré corps et biens.

Ils pourraient s'en réjouir. Mais peut-on se réjouir de la mort d'un champion ? Le terme est exagéré. Mais ne vient-il pas de murmurer à l'oreillette pour son directeur sportif : *I am dead.* Lucide dans l'agonie, il annonce son propre décès. On peut mourir en direct sur un vélo.

Huit kilomètres encore jusqu'au sommet. Des sentiers de chèvres sur lesquels on a jeté de l'asphalte. Un chemin de croix. Tout à son délire, la foule lui hurle dessus comme s'il s'était en tête. Les commentateurs, eux, ont compris. « Son premier jour sans, et cela, le jour J. » Plus qu'un coup de pompe, un coup de Trafalgar. L'homme aux jambes de feu ne met plus une jambe devant l'autre. Le champion roule dans l'ornière de la défaite. Le supplice se chiffrera en minutes. Comme si la meilleure équipe de football au monde prenait trois buts en un quart d'heure.

Pour les explications, il sera toujours temps. Une préparation tronquée. Une chute sans conséquence en début d'étape. Hier, ce coup au moral. Ce matin, il avait promis d'attaquer si les jambes étaient bonnes. On l'avait cru parce qu'il faisait semblant d'y croire. Mais le coup avait porté et la faille s'est élargie.

Les champions craquent dans leur tête. Car c'est là aussi qu'ils sont des champions. Comme s'il y avait sous leur crâne un nerf à nul autre pareil qui finit parfois par lâcher, sans prévenir. Prise arrachée. Court-circuit général. Plus de jus. Le corps s'est éteint, il ne répond plus, la tête est ailleurs. Mais à l'arrivée, on parlera d'un simple mal à l'estomac.

Voilà le champion devenu un fantôme. Son casque est de travers, ses mains ne serrent plus le guidon, ses pneus semblent crevés. Mais c'est lui qui est crevé de partout. Le crack ne perd pas à moitié, il s'effondre d'un seul coup, sans limiter les dégâts. Celui qui était tout en haut tombe au fond d'un trou. Sa défaillance aussi est exceptionnelle. C'est tout ou rien. Aujourd'hui, ce sera rien.

Il faut pourtant rallier l'arrivée, sauver ce qui peut l'être, cette deuxième place au général. Un équipier joue les brancardiers, à qui le directeur sportif a donné l'ordre de ne pas le quitter d'un boyau. D'ordinaire, il finit à dix minutes, aujourd'hui, il est obligé de l'attendre. Le monde à l'envers. Si on lui avait dit qu'un jour, il le remorquerait. Il se retourne pour l'exhorter du regard, souffrant de le voir ainsi, humilié, à la dérive.

Un Golgotha, c'est toujours long. Chaque hectomètre dure un kilomètre. De la torture à l'état pur. Ils se font doubler par les équipiers des autres leaders qui passent presque gênés. L'impensable a lieu. Même un coureur médiocre les accompagne. Plus tard, il pourra raconter.

Enfin, la dernière rampe. Là-haut, la banderole flotte comme un mirage. Il y a un mois, il était venu en reconnaissance. Il ne reconnaît plus rien. La foule tape des mains comme à Guignol. Il a envie de leur balancer son vélo sur la gueule.

Quatre cents mètres. C'est là qu'il avait prévu de porter son attaque. Il reste écrasé sur sa machine. Il a cinquante ans, il termine une course d'amateurs, aplati comme une crêpe. Il a déjà fini épuisé, mais là, il est exsangue. Il découvre ce que vivent ceux qui ne sont pas des champions.

Pour être seul avec sa douleur, il a arraché ses oreillettes. Débranché son capteur de puissance. Pour écouter qui, pour capter quelle puissance ? Il zigzague. Il n'a plus zigzagué depuis qu'il était en junior. Quand il passe enfin la ligne, la porte se referme sur le désastre et la main de son compagnon sur sa nuque.

D'autres équipiers viennent le réconforter. Demain sera un autre jour. S'il en avait la force, il se mettrait à pleurer. Ce soir, dans sa chambre, il pleurera de rage sur ces kilomètres à marquer d'une pierre noire. Mais sur cette pierre, sans doute, il bâtira sa revanche.

Lèse-majesté

Les rôles ont été distribués en début d'année. D'un côté, le leader, de l'autre, ses équipiers, qui lui doivent allégeance. À l'ère d'une société horizontale, le cyclisme est le dernier sport vertical. On y sacrifie au culte du chef. On y exalte aussi la loi du plus fort. Le cyclisme vote à droite quand le vélo – congés payés, alternative écologique – penche à gauche.

C'est aussi l'unique sport collectif qui couronne un homme seul. On ne retient que le nom du vainqueur. La solidarité semble de mise – le travail de l'équipe toujours remercié – mais le leader, protégé par principe, rafle la mise. On ne prête qu'au riche, pour qu'il enrichisse son palmarès.

Ce privilège lui donne cependant des devoirs : ne pas décevoir, être à la hauteur des espoirs. Et accessoirement, des sommes investies. Si on a parié sur le mauvais cheval, il faudra, au pied levé, en pleine course, en trouver un autre. Mais s'il répond présent, il aura droit au dévouement sans faille de ses fidèles sujets. On comptera les morts, à la guerre comme à la guerre, mais qu'importe la chair à canon, si le général en chef finit couronné de lauriers.

Mais les statuts sont fragiles et la discorde est prête à renaître. Les seconds, qui se rêvent califes, se poussent parfois du guidon. À défaut de renverser le leader, on peut le faire douter ou du moins suggérer ses limites en montrant que le plus fort n'est plus celui que l'on croit. Voyons un peu comment.

Un jour, un lieutenant remorquait son patron en montagne. Il faisait là son travail, pour écœurer ou décramponner les rivaux. Il aurait pu s'écarter, à toi l'honneur, mais à quelques encablures de l'arrivée, ne voilà-t-il pas qu'il insiste si fort que son chef se retrouve à la peine. L'usage aurait voulu que l'autre l'attende, mais si près du but, il file seul vers la victoire. Il ne lui en est pas tenu rigueur – la fugue n'a pas prêté à conséquence – mais il a pris date. Ce n'était pas encore un putsch, juste un message : pour cette fois, j'ai bien voulu jouer le jeu, mais l'année prochaine, il faudra rebattre les cartes. Le trône du leader désigné venait d'émettre ses premiers craquements. Sa chute était programmée. La loi du plus fort qui l'avait fait roi allait bientôt défaire sa couronne.

Imaginons cependant qu'un leader en voie arriver un autre dans l'équipe. Certes vieillissant, mais auréolé d'un palmarès exceptionnel et d'une autorité incontestable. C'est le Boss, silence dans les rangs ! Officiellement, l'entente est excellente. Officieusement, la cohabitation est impossible. Ils ne s'adressent même pas la parole. Au sein du collectif, chacun a ses partisans. Même si le Vieux a été désigné premier de cordée, cela se réglera sur le terrain.

On verra donc ce qu'on verra. C'est vite vu. Dès la première étape de montagne, le plus jeune, au risque de froisser sa Majesté, prend les devants et sûr de lui, sans plus se dissimuler, place une accélération qui fait mal. Le cyclisme n'est ni une transaction ni un sport de rentiers. L'invincibilité n'est pas un totem. Finis les mensonges et les intimidations. Un mètre est un mètre, une seconde, une seconde, la course va rendre son verdict.

Que va faire l'offensé ? Le vieux lion va-t-il rugir sur ses pédales pour aller punir ce crime de lèse-majesté ? Tous les yeux sont rivés sur lui. Il n'a pas cillé, comme s'il n'avait rien vu. Le doute s'insinue : ont-ils scellé un pacte ? Impossible. Le prétendant – un prétentieux ? – a ruminé son coup dans son coin, bien décidé à flinguer le premier. Le cyclisme obéit à la politique du fait accompli. Au rapport de force qui ne pourra plus être inversé.

L'écart se creuse. Le roi n'est plus intouchable. Il traîne. Il a mille ans. Devant, délesté de ce fardeau, le challenger s'envole. La prise de pouvoir doit être nette, le crime, sans bavure.

Derrière, ce coup de poignard a donné des idées. Le roi est à terre ? Donnons-lui le coup de grâce. Certains s'en vont à leur tour, sans pitié pour le tyran affaibli. Tout à l'heure, ils viendront discrètement remercier le rebelle pour sa révolution. La caméra zoome sur le monarque déchu, qui reste impassible. Il songe déjà à sa déclaration d'après course : elle n'est pas finie, il faut prendre les étapes jour après jour… Il refusera d'abdiquer, comme ces politiciens qui, au soir d'une déroute électorale, veulent croire à des lendemains qui chantent.

Cartographie

Actuellement, le meilleur coureur est slovène. Mais il ne court pas pour une équipe de son pays. Il n'y a pas d'équipe slovène, du moins pas à ce niveau. Il roule pour un pays lointain qu'à première vue, on n'associerait pas au vélo : les Émirats arabes unis, qui se sont récemment invités à la table des grands de ce sport.

Cette redistribution des cartes nous vaut, en chaque début d'année, quand en Europe il fait trop froid pour mettre un cycliste dehors, le spectacle soporifique d'un peloton égaré dans l'immensité du désert tel un troupeau de dromadaires. Le Tour des Émirats arabes unis. Torpeur, plutôt que mirage, assurée. Là-bas, en-dehors des pistes, on ne sait construire que de larges et impeccables rubans d'asphalte, d'interminables tout-droit où le cycliste se sent aussi à l'aise que sur le billard d'une autoroute.

Cette délocalisation exotique nous rappelle que le vélo ne se conçoit que sur des routes étroites, granuleuses et nerveuses. Il lui faut de la courbe, du virage, de l'épingle à cheveux, propices à la fuite, tout un paysage routier qui semble taillé pour les deux roues, gage d'agitation et d'excitation, de mystère et de suspense. Là-bas, dans le royaume des sables, uniformément pelé, se disputent des étapes à plan unique, où le pauvre coursier paraît avancer telle une tortue, sans nerf, aplati par la perspective, incapable de procurer l'idée même de vitesse, de fournir le moindre rebondissement et donc de nous faire vibrer.

Il n'empêche que les Émirats arabes unis ont pour l'heure raflé la mise. L'équipe UAE est le navire-amiral d'un État qui a placé ses coureurs, tous étrangers, sur l'échiquier mondial. Le voisin bahreïni tente de faire bonne figure avec la Bahrein Victorious – tout un programme – mais son écurie d'Espagnols, d'Italiens, de Colombien ou de Français n'est pas aussi victorieuse que Sa Majesté Hamad Bin Issa Al-Khalifa pourrait l'espérer. Chacun appréciera comme il l'entend que le vélo, ce déplacement qui fait l'économie de toute énergie fossile, soit aujourd'hui dominé par une pétromonarchie.

Sur le planisphère, une dizaine de pays seulement peuvent faire valoir leurs droits. Ils ont leurs équipes, non plus nationales, mais sponsorisées par des fleurons de leur nation. La Suisse a la Tudor, financée par les montres. L'Espagne, la Movistar, une plateforme numérique de l'opérateur Telefonica. Le Kazakhstan roule avec Astana, stipendiée par le fonds souverain du pays enrichi par son gaz. La Norvège peut compter sur Uno-X, une chaîne de stations-services, qui entend régner sur la Scandinavie. Royaume du vélo, la Belgique table sur Alpecin, numéro un au Benelux des soins anti-cheveux, ou la Soudal-Quick-Step, fabricants de silicone et de parquets. Les Pays-Bas disposent de la Visma Lease-a-Bike, alliance entre une plateforme de location de vélos et un mastodonte norvégien de produits logiciels de comptabilité. La Grande-Bretagne s'appuie sur un groupe de chimie, Ineos. Et les Français ? Nous avons la vente de crédits – Cofidis –, la bancassurance mutualiste – Crédit Mutuel Arkea –, les jeux de loterie et paris sportifs – la FDJ – un équipementier sportif associé au géant hexagonal de la prévoyance sociale – Decathlon Ag2R, ou Totalenergies, notre fournisseur numéro un d'hydrocarbures.

Toutes ces saines et nécessaires activités passent évidemment au second plan quand deux champions en décousent au sommet d'un col. Certes, à l'arrivée, d'autres sortes de classements pourraient être établis. Les Émirats arabes unis ont coiffé sur le fil l'Espagne. La France se glisse juste derrière la Grande-Bretagne. Ou bien la chimie l'a emporté sur les jeux de loterie. Les montres ont eu raison des soins anti-cheveux. Le gaz des ventes de crédits… Nous n'en sommes heureusement pas à cette extrémité, même si tous ces puissants groupes qui se livrent bataille – et tous ces pays avec – sont le vrai carburant du spectacle qui nous est offert.

Revenons à la route. Au raidard qui attend les échappés. Au paysage qui se dévoile à nous. Revenons à l'effort solitaire des coureurs dont on retiendra où ils vont plutôt que d'où ils viennent et pour qui ils roulent. C'est à ces conditions qu'on pourra oublier toute autre considération que d'autres que nous n'oublient pas un instant.

Maillots présidentiels

Le 17 juillet 1960, le Tour décida de s'accorder une halte. Au ravitaillement de Chaumont-sur-Marne, son patron apprit la présence du Président dans sa bonne ville de Colombey. Le maillot jaune et le champion tricolore furent priés de se porter en tête. Arrivé au bout de la rue qui n'avait pas encore reçu le nom du général de Gaulle, le peloton mit pied à terre et respectueusement, le premier rang retira sa casquette. Comment redevenir en un clin d'œil un simple citoyen ? Le monarque avait compris qu'il suffisait de regarder passer le Tour devant chez soi. Les Français, ces « veaux » républicains, en pinçaient pour la petite reine. Ce fut l'occasion de réconcilier l'État, et les Français, avec le sport, discrédité depuis le régime de Pétain et son usage propagandiste. Jamais plus le Tour ne s'arrêta devant quiconque.

Imagine-t-on le Général dans la voiture du directeur du Tour ? On ne l'y vit donc pas. Ni même Georges Pompidou, aux abonnés absents de la Grande Boucle, qui préférait faire du voilier sur les flots de la Grande Bleue. Les années Pompidou furent aussi les années Merckx sans que l'Auvergnat ne croise jamais la route du Belge.

Le slogan « Giscard à la barre » augurait d'un autre président navigateur. Mais il écuma surtout les courts de tennis. En 1975, lui qui trouvait l'Histoire de France trop tragique, offrit au Tour son rituel le plus historique, l'arrivée sur les Champs consacrés par la Libération de Paris. Heureux hasard : cette année-là, le vainqueur, qui venait de renverser le grand Merckx, fut français. Encore jeune et iconoclaste, le chef de l'État n'hésita pas à jouer les habilleurs, aidant lui-même Bernard Thévenet à revêtir sa tunique dorée. Mais VGE n'alla pas plus loin et croisa davantage d'éboueurs que de coureurs cyclistes.

En quatorze ans de magistère, François Mitterrand consacra trois heures de son temps au Tour, un jour de 1985, alors qu'il passait par là pour une cérémonie sur le plateau des Glières. Côte de Montaux, il refit la scène du Général, en spectateur faussement lambda, posté au bord de la route, mais avec un appareil photo autour du cou. Cette fois, le Tour ne mit pas pied à terre, mais on tendait désormais son micro au président qui, interrogé sur Bernard Hinault, sembla parler de lui-même : « Un homme de courage et de talent ne doit pas nous surprendre… quand on est un champion, on agit selon son instinct. » Les sportifs nous attirent pour l'image rêvée de nous-mêmes qu'ils renvoient. Pourquoi en serait-il autrement pour un politique ? Mitterrand, amateur sincère pour autant, connaissait assez bien sa France pour savoir que le Tour en était une des mythologies et qu'à un moment ou à un autre, il fallait apparaître dans le paysage. Mais un président ne devait pas encore faire certaines choses, monter par exemple dans la voiture du directeur de course.

Ce que fit Jacques Chirac à l'été 1998. Encore sur la vague de la victoire en coupe du Monde de football, il crut pouvoir continuer à surfer en débarquant sur le Tour comme chez lui, lors de l'étape corrézienne. La redescente fut brutale. Il arriva en pleine affaire Festina qui venait d'éclater le soir même. Huit jours auparavant, il était champion du monde à l'Élysée et voilà qu'il était associé, « à l'insu de son plein gré », au pire scandale de dopage. Peut-on imaginer timing plus désastreux ? Sa stupéfaction fut telle, et son ignorance également, qu'il convoqua dans son château de Bity le patron du Tour, Jean-Marie Leblanc, afin d'obtenir quelques éclaircissements. Plus rugby que vélo, auquel il n'entendait rien, Chirac n'en fut pas moins, dès le lendemain, le premier chef d'État passager de la voiture N° 1. Passage express pour un président pressé : plutôt que de suivre un contre-la-montre rébarbatif, ce régional de l'étape proposa à Leblanc un arrêt-buffet dans un troquet du coin. Par crainte peut-être d'une autre coïncidence fâcheuse, on ne le revit plus jamais sur les routes.

Si la présence présidentielle est devenue un protocole républicain, on le doit à son successeur. Le plus sportif des locataires de l'Élysée trompait l'ennui du fort de Brégançon en se faisant les mollets sur les pentes du pas de la Griotte. Noms des coureurs, écarts, états de forme : Nicolas Sarkozy voulait toujours tout savoir de l'étape qu'il était venu suivre. Avec un instinct pour l'offensive comme en 2010 au Tourmalet où il annonça l'attaque d'Alberto Contador, « tu vas voir, dans cinq minutes, il y va », lors d'un *mano a mano* avec Andy Schleck. Fan numéro un, le président tutoyait désormais le patron du Tour, en l'occurrence Christian Prudhomme. Il aimait les coureurs, les *winners,* jusqu'à poser bien imprudemment avec Lance Armstrong pourtant déjà soupçonné. Même après sa défaite aux élections de 2012, il en a redemandé. En 2015, sur l'étape de Saint-Jean de Maurienne, où deux Français, Romain Bardet et Pierre Rolland, furent rejoints par un Danois, pour se disputer la victoire. Trois jours auparavant, à Mende, Bardet et Pinot, déjà en tête, s'étaient regardés en chiens de faïence, rattrapés par un Anglais, qui les avait mouchés. Ce jour-là, son vainqueur de 2012, François Hollande, était à sa place dans la voiture N° 1. Comme la rivalité entre deux tricolores se reproduisait, Sarkozy s'énerva : « Ah, c'est comme à Mende, mais avec moi, cette fois, un Français va gagner. » Et Bardet en effet l'emporta, à la grande joie d'un Sarkozy qui venait d'obtenir, par coureurs interposés, sa revanche sur François Hollande.

Avec lui, le Tour est devenu une étape obligée pour le locataire de l'Élysée. Lui président, Hollande fit son pèlerinage annuel : Brive en 2012, Bagnères-de-Bigorre après des inondations en 2013, Reims en 2014, pour le Centenaire de la Grande Guerre, Mende en 2015, Cherbourg en 2016… Moins de diversité géographique pour son successeur, qui a préféré se réserver l'étape-reine, énième expression de la monarchie présidentielle. Chez lui, elle est pyrénéenne, voisine de sa maison de vacances. Très tôt, lui aussi s'est positionné. En

2016, après avoir suivi l'étape Pau-Bagnères de Luchon, où Chris Froome avait surpris tout le monde dans la descente du Peyresourde, il glissa à l'arrivée à Christian Prudhomme que bientôt lui aussi allait prendre les autres de vitesse. Ces grands fauves ne sauraient rester indifférents à la métaphore cycliste.

En début de quinquennat, nos présidents débarquent maillots jaunes dans les sondages. Bains de foule et selfies. La suite est moins populaire. S'ils viennent regarder la France dans les yeux, les Français leur font vite les gros yeux. La voiture N° 1 se fait caisse de résonance. Des sifflets ? « Ça, c'est pour moi… ! Eh là, tu entends quoi ? », s'informa-t-il un jour auprès de son hôte. Mais en 2024, le rituel républicain fut rompu. Comme chaque année, le président devait se montrer, mais après la dissolution, plus de son, plus d'image. *No show,* comme on dit sur les contrôles anti-dopage. Faut-il y voir un signe de mauvais augure ? Le temps viendra-t-il où les présidents n'oseront plus venir sur le Tour ? À la place, en 2024, on est retourné à Colombey-les-Deux-Églises. Là, au moins, avec le Général, on était tranquille.

SECOND ENTRACTE

En passant par Colombey

Tout d'abord, il faut arriver jusqu'à… l'arrivée. Je veux dire par là que si ce jour-là, tous les chemins mènent au Tour de France, la plupart sont barrés à des kilomètres à la ronde. La Course déborde bien au-delà de son périmètre. Si les coureurs ont la route pour eux seuls, le spectateur, avec sa voiture, n'a plus droit de cité. Tout est sens dessus dessous, c'est carnaval. Rallier l'arrivée : un devoir pour le coureur, une galère pour le spectateur qui finit à pied. Parvenu enfin à destination, j'aperçois des rubans de véhicules garés à la queue leu leu qui dessinent dans la campagne une étoile à branches multiples. L'Étoile de la Grande Boucle.

Quand on se rend à Colombey-les-deux-Églises, c'est d'ordinaire en pèlerinage pour le Général. Aujourd'hui, c'est pour un classement général. Cela fait longtemps qu'il n'y a plus deux églises à Colombey, mais il y a une chapelle ardente, le manoir de la Boisserie, un temple pédagogique, le Mémorial Charles-de-Gaulle, et une Grande Croix, celle de Lorraine qui coiffe la butte et que les coureurs, s'ils lèvent le nez du guidon, apercevront à l'horizon comme on aperçoit la tour Eiffel bien avant Paris. C'est jour d'un autre pèlerinage, celui d'une institution venue recevoir l'onction du génie du lieu, devant qui elle s'arrêta au mois de juillet 1960. Colombey patientait depuis 64 ans. Lorsque l'hommage fut décidé, on ignorait qu'il tomberait la veille d'un vote législatif qui pourrait sonner le glas de la République. Mais jamais un scrutin n'a aboli une étape du Tour.

Une arrivée du Tour, ça s'attend. Comme une éclipse de lune ou le brame du cerf. Dans un monde où l'on a oublié ce qu'attendre veut dire, c'est même une des dernières choses pour lesquelles on ait une patience d'ange. On prend son Tour en patience. On sait que ce sera d'abord très long, puis très bref, mais qu'à un moment, ils vont bien finir par se montrer. Que faire entre-temps ? On peut commencer par retirer son badge sans quoi rien n'est possible. Si une étape se résume à un tracé plus ou moins linéaire, son arrivée ressemble à un labyrinthe de barrières. Public, bus des équipes, podiums… Les zones sont rarement mixtes. On se côtoie sans se mélanger sauf aux baraques qui vantent et vendent les produits du cru, ici de la Haute-Marne. C'est l'occasion et si elles ne le font pas, personne ne le fera à leur place. Je bois en vidant une flûte à la santé des Hauts-Marnais, peuplade méconnue. Autour de moi, on festoie comme il se doit. Pendant que les coureurs suçotent des gels de glucides, les badauds tuent le temps en s'empiffrant de produits du terroir. Chacun sa compétition.

Moins de monde au petit cimetière où reposent modestement le Général et son épouse. À distance respectueuse, sous une fine pluie silencieuse, un valeureux gendarme veille sur eux, au cas, très improbable, où l'engeance cycliste, prise de ferveur, viendrait en troupeau dire deux mots au grand Allongé. Dans l'église voisine, je discute avec un Aubois détrempé et à l'accent prononcé qui a mis à l'abri son vélo dans une travée – le Bon Dieu, il l'a compris, a un faible pour les cyclistes, qui forment des processions.

Mais aime-t-il les journalistes ? Je file vers le Mémorial qui a donné l'hospitalité au Centre de Presse. Sur les routes depuis dix jours, les suiveurs qui roulent en quatre roues arrivent au compte-gouttes. À l'étage de l'exposition permanente, les paroles fortes du Général qui appellent au sursaut se mêlent aux accents étrangers du rez-de-chaussée, qui conjecturent sur le nom du vainqueur. Il y a du larsen. Étrange cacophonie où l'Histoire, à une oreille grésillante, pourrait prendre la tonalité d'une course aux multiples rebondissements. Certains mangent pour tromper l'ennui, d'autres tapent leur papier, j'en vois qui piquent du nez devant la course qui colonise des écrans télé. Tous rongent leur frein, enfermés dans leur bunker, dans l'attente du dénouement quotidien. Le soir, ils se restaurent dans les mêmes restaurants, dorment dans les mêmes hôtels d'une Babel caravanière. Ils partagent un air de famille, la peau déjà hâlée, le regard un peu blasé et le nez dans le guidon d'un rituel que rien ne saurait venir troubler. Colombey, connais pas !

Désœuvré, je refais un tour du village, jalonné de citations du Mémorable, encadrées comme autant de pensées du président Mao. Année olympique oblige, des photos géantes d'un Général pris en flagrant délit de sport. Sur l'une d'elles, notre Illustre lorgne une gymnaste court vêtue qui soulève des haltères. Pour être de Gaulle, on n'en est pas moins homme. Le Grand Charles est partout, mais aujourd'hui ce forçat de l'Histoire est concurrencé par d'autres forçats.

Madame Piot m'a dit de revenir dans une heure pour parler avec son mari. J'avais remarqué la borne où figure le courrier du Général adressé le 9 novembre 1970 : « Cher Monsieur Piot, je vous demande d'accepter ceci qui tient compte de votre gracieux renoncement à notre bail. » Le 9 novembre 1970, c'est le jour de la mort de l'Illustre. Surprise : Monsieur Piot est encore de ce monde. Mais quel bail ? Et que faut-il comprendre par « ceci » ? Ce dernier témoin d'une époque, qui tient une papeterie-librairie vouée tout entière à la postérité du Général, se souvient du 9 novembre 1970 comme si c'était hier. « Il était très causant », précise celui qui fut donc son ultime interlocuteur et correspondant. On aurait imaginé un dernier visiteur plus glorieux. Mais on ne choisit pas l'heure de sa mort. Le bail en question concernait les trois hectares entourant son domaine où Monsieur Piot mettait ses bêtes à paître. Le remembrement s'achevant à Colombey, le Général, toujours à cheval sur les convenances, ne voulait plus de fermier pour qu'on ne vienne pas l'accuser de jouer au seigneur de la Boisserie. Quant au *ceci*, il s'agissait de 500 francs, que le lendemain matin, son chauffeur apporta en même temps que la triste nouvelle qu'une réussite avait été fatale à Monsieur. Certains ne rencontrent jamais l'Histoire. D'autres la croisent, comme Dieu, juste avant le gong.

À parler de *ceci* et de *cela*, l'heure avance. Les coureurs aussi. J'ignore si cette arrivée fera date, mais ce serait ballot de la manquer. Sur la ligne, des présidents de départements descendent non pas de vélo mais d'une voiture officielle. Qu'ont-ils vu de l'étape ? À peu près rien. Mais que voit-on d'un monument ? *Tu n'as rien vu à Hiroshima*. Ils posent en rang d'oignon pour une *photo-souvenir*. C'est bien le mot. Souvenir de ce qu'ils ne seront bientôt plus ? Dimanche, certains ont essuyé une sévère défaillance, décramponnés par un coureur RN qui leur a flanqué vingt points dans la vue. Battu dans son propre village, le président du Conseil de la Meuse me confie cette phrase d'électeurs-traîtres : « On n'a rien contre toi, mais là, on n'en peut plus. » Il n'y a plus de régional de l'étape. Même à Colombey, le président du conseil de la Haute-Marne s'est fait coiffer sur le poteau après s'être battu pour obtenir enfin le Tour. L'ingratitude, mon cher Monsieur, l'ingratitude.

Un Érythréen l'emporte chez le Général qui aurait apprécié ce succès. Sans l'Afrique, sans l'Empire, le proscrit de Londres n'aurait jamais entamé sa *remontada*. En 1941, des Français Libres se sont battus aussi en Érythrée, à Kub-Kub, Keren, Massaouah… Victoires oubliées, que personne ne rappellera en ce jour de la victoire de Biniam Girmay.

La bonne santé d'une institution se mesure à son protocole. Celui-là est bien rodé. Derrière le podium, les porteurs de maillots distinctifs ont rejoint leurs vélos fixes où ils viennent abaisser leurs toxines. Caméras et micros sont braqués sur eux comme sur des bêtes curieuses. C'est vrai qu'il est un peu curieux de devoir encore pédaler alors que l'étape est finie. Mais tout effort induit sa récupération sous une forme atténuée. Le sportif se purge, il se *décrasse.*

Je ne suis qu'à quelques pas des champions et pourtant, j'ai du mal à les apercevoir. Le mur de caméras me bouche la vue. Assis devant sa télé, on oublie la technique. Le génie d'un médium est sa transparence, qui escamote son existence. L'invisibilité d'une technologie est gage de son influence. Voilà pourquoi il est bon d'aller faire un tour dans les coulisses, ce ballet de techniciens en chasuble, qui jonglent avec les câbles où je me prends les pieds. Avec ma veste de ville, je fais tache. Le regard interrogateur, le maillot blanc s'est d'ailleurs aperçu de l'anomalie. Qui c'est celui-là ? Impression de puissance, saisie au vol, de ce jeune homme ramassé. Détendu de la gambette, le maillot jaune a l'air, comme toujours, de faire de la patinette.

L'étape n'est pourtant pas finie. Après sa séance de récup' planétaire, il s'en va changer de tenue dans un petit camion adjacent. Quelques pas le mènent jusqu'au podium pour revêtir un nouveau maillot jaune et poser à côté d'une statue en bois du Général exhumée du Mémorial. Le moment ensuite d'une interview télé sous une tente. Sans transition, il est conduit vers la zone mixte où la file des médias étrangers a droit à cinq minutes de parlotte automatique. Retour dans le camion pour une mini-conf' retransmise dans le Centre de Presse. Puis pipi à dix mètres pour le contrôle antidopage. Tout bien compté, cela fait sept stations, soit la moitié du Christ au Golgotha. La moitié d'un calvaire, celui de la gloire. Le chaperon de *Sports Ethics* – on ne peut le rater, il est le seul à porter une chemise – le marque à la culotte, les mains prises par des documents à lui faire signer pour son contrôle anti-dopage. Moi non plus, je ne le lâche pas d'une semelle. À défaut d'être le dernier témoin du Général, je serai l'énième spectateur d'un champion dévoré du regard. Dans le camion de la conférence de presse, je me retrouve nez à nez avec lui. De Gaulle, les élections législatives françaises, les extrêmes ? Des questions qui me paraissent légèrement hors-sujet.

Jadis, on allait à Colombey pour consulter l'oracle. En mai 1958, on vint lui demander un miracle. Demain, la Ve République tiendra encore bon, mais pour combien de temps ? Il est six heures, Colombey se vide. Il est six heures, Colombey s'éveille. Tous ces coureurs n'étaient-ils qu'un rêve ? Les pèlerins de la petite reine regagnent d'un pas engourdi leurs véhicules. On a déjà rangé la statue en bois du Général.

CHRONO

Contre le temps

Aujourd'hui, je suis seul en piste pour un contre-la-montre. C'est dire si le temps presse. L'horloge va tourner. Il va falloir faire vite. Aujourd'hui, c'est contre le temps en personne que je vais me battre. Contre le temps qui passe, et qui, à chacun de mes coups de pédale, me sera décompté. Un ennemi invisible, indifférent à mes efforts. Qu'il pleuve ou qu'il neige, que la route soit plane ou en pente, il progresse d'une manière égale. Mes jambes tournent bien, mais les aiguilles aussi, qui ne se fatiguent jamais.

Le contre-la-montre se travaille car il est tout sauf naturel. Il serait même contre-nature. Au cours d'entraînements spécifiques, je m'impose des gammes à la manière d'un pianiste. Je tiens la position, comme on tient une note, ou comme un yogi ou un fakir qui tiennent la posture. Une fois trouvée la position parfaite, souvent inconfortable, il ne faut plus en bouger. Rester bien en ligne, posé sur sa machine, sans que rien ne dépasse. Certains sont taillés pour l'exercice, je suis de ceux-là. Un modèle de pénétration dans l'air. Le résultat d'essais minutieux en soufflerie où mon corps de cycliste a été passé à la moulinette de calculs savants, issus du cerveau d'un homme qui n'a peut-être jamais posé son cul sur une selle.

Pour nous désigner, il n'existe pas de terme spécifique. On parle seulement de « spécialistes ». J'appartiens à cette race à part, amateurs d'une *discipline*, celle de l'effort solitaire. Pour être à mon maximum, j'ai besoin d'être seul, comme un écrivain qui s'isole pour chercher l'inspiration. Nous sommes des célibataires amoureux du désert. Il nous faut avoir le champ libre. Faut pas venir nous pomper l'air.

Musiciens de nous-même, nous sommes des solistes, à l'écoute de notre corps qui tourne à plein régime. Nous sommes des égoïstes, amoureux de nos tête-à-tête. Obsédés par la répétition, adorateurs de la monotonie, portés sur l'effort rébarbatif, nous sommes des métronomes, concentrés sur cette force primitive qui jaillit du bas de notre dos.

Voilà pourquoi on s'acharne à nous filmer de derrière, ramassés sur nous-mêmes, poussant avec nos reins qui ondulent sous notre combinaison comme les deux bielles d'une puissante turbine. Si nous faisons corps avec notre machine, c'est que nous-mêmes en sommes devenus une.

D'autres, en revanche, pour se surpasser, ont besoin de compagnie. Seuls, ils tournent en rond, ce qui n'est jamais bon quand il s'agit de filer tout droit. Ils trouvent le temps long alors que l'objectif est de l'abréger. Ils préfèrent la castagne et les changements de rythme. Je ne m'épanouis que dans l'effort régulier.

Bien sûr, je me bats aussi contre les autres qui empruntent le même parcours. C'est un bras de fer à distance, à la loyale, mais en aveugle, même si je suis parfois renseigné sur leurs performances. À chaque virage, à chaque relance, il faut faire mieux. Mais que feront-ils ? Je l'ignore. Alors, je rogne. Le chrono est le royaume des gains marginaux. Un compte d'apothicaire. L'art de grappiller du temps.

Mais nous sommes à nous-même notre principal adversaire. Impossible de prendre une roue, de se cacher derrière un équipier. Je suis seul face au vent, face à la route, face à la pendule. Il me faut puiser au fond de moi comme s'il y avait encore un peu de souffrance, ou de puissance, à exhumer, pour la convertir en vitesse. Chacun est à sa place, le chrono est un juge de paix, et il est impitoyable.

On nous traite parfois de Stakhanov parce qu'on tient les cadences. Mais il ne s'agit pas d'être à fond tout le temps. Où récupérer ? Dans les virages ? Il faut y prendre tous les risques. Dans les descentes ? Il ne faut pas perdre de vitesse. Dans les montées ? C'est là que se font les différences. Les plages sont donc rares. Mais le spécialiste est un gestionnaire de lui-même. Pour cette gestion, il y a notre détecteur de mensonges, le capteur de puissance, qui nous dit toute la vérité et rien que la vérité. Comme dans la vie, il y a des jours sans, impossible de passer la vitesse supérieure. On reste en rade. On ne prendra pas le large.

Parfois pourtant, on se surprend. Un jour, j'en ai rejoint deux, partis avant moi, rattrapés, avalés, *enrhumés*. Parti sur des bases stratosphériques, j'ai fini sur les mêmes bases. Je volais. Je devine déjà les soupçons. Mais les jours de grâce, cela existe, je vous assure. Ce jour-là, j'ai cru que mon capteur ne marchait plus.

À mon arrivée, on m'a fait asseoir sur le *trône*. Le siège du meilleur temps provisoire. J'avais déposé mon attirail de *Star Wars*, le casque et les lunettes profilées, tout ce barda qui fait de nous un croisement entre le frelon et le hamster. Comme un roi sur la sellette, je tremblais de perdre mon trône. Mais ce jour-là, personne n'est venu me déloger et je suis monté sur le podium.

Aujourd'hui, ce sera de longues lignes droites, quelques coups de cul pour se réveiller, deux trois virages avant l'arrivée. Le profil me convient. Je me suis bien échauffé, mon morceau préféré dans les oreilles. Je m'essuie avec ma serviette. De battre fort mon cœur ne va plus s'arrêter.

Le quatrième

Nous sommes partis à sept et nous devrons arriver au moins à quatre. Car le temps est pris sur le quatrième. C'est la règle des contre-la-montre par équipes. Pour mon malheur, je suis ce quatrième. Depuis quelques kilomètres, je serre les dents au fond de la classe, incapable de passer des relais à mes équipiers. Je ne sers plus à rien sinon à faire le nombre.

Au début, tout a marché comme sur des roulettes. Chacun a assuré sa part, le quart était pris sans broncher, avant de s'effacer devant le collègue calé derrière et ainsi de suite, tournez manège. Nous étions les sept wagons d'un train lancé à grande vitesse. Du travail à la chaîne, mais du travail d'orfèvre. Le secret est de ne jamais rompre la chaîne. Si on perd l'aspiration, la belle mécanique se dérègle.

On s'en doutait bien qu'on en perdrait en chemin. Mais nous avons un capitaine de route qui sait motiver ses troupes. Tout l'art consiste à garder ses ouailles sans pénaliser le reste de l'équipe. Chacun doit donner le maximum, mais savoir aussi quitter la table. Après quinze kilomètres, trois équipiers ont explosé en rase campagne, un à un, comme les étages d'une fusée largués dans l'espace. Adieu, adieu… Avant de s'en aller, ils nous ont souhaité bon courage.

Voilà comment on s'est retrouvé à quatre. Notre tour revenait plus souvent. Notre leader est si fort qu'à lui seul, il pourrait tirer tout le reste de l'équipe, à condition de ne pas faire sauter le maillon faible. Et le maillon faible, c'est moi. Ma survie dépend de lui. Nous sommes dans la même galère.

Tout repose sur ma capacité à tenir. Chaque seconde que je perds sera décomptée à l'équipe. Je les entraîne dans ma défaillance. Si j'étais seul, je pourrais finir tranquillement, mais là, je ralentis tout le monde. Pour ne pas me lâcher, ils en gardent sous le pied.

En course, on peut fournir un bref effort intense avant de se garer. Là, je dois rouler au-dessus de mes moyens. Rien de pire pour un coureur. Comme dans la vie, chacun a son rythme. Mais pour les copains, on est prêt à tout. J'ai l'œil rivé sur la selle du troisième. Ne la lâche pas, accroche-toi, même si tu dois te faire exploser la tronche. C'est tout mon corps qui explose. J'ai l'impression de m'éparpiller sur la chaussée.

Ce n'était pas qu'une impression. À peine franchie la ligne d'arrivée, je me suis écroulé pour vomir. J'aurais voulu m'excuser, mais même plus la force. J'avais dû leur faire perdre une bonne dizaine de secondes. Mais j'avais tout donné, m'ont rassuré les copains, c'était l'essentiel. Non, je n'avais pas tout donné. J'ai encore un peu vomi.

PLUS DURE SERA LA CHUTE

Symphonie en vélo majeur

Si le peloton était un instrument, il serait un accordéon. Comme lui, il fait des vagues. Il ondule sous l'action d'un soufflet, le souffle de la course. Comme lui, il oscille par les multiples conduits de ses anches, qui sont ces vélos engagés à touche-touche. Sa musique ne varie guère. Un bruit frelonnant de roues, une Grande Roue perpétuelle parfois troublée par des grincements stridents, les plaquettes de frein poussant des cris d'effroi. La musique d'un film d'horreur.

Mais comment une masse si resserrée de centaines d'atomes se déplaçant à vitesse inconstante ne finit-elle pas par imploser ? Pourquoi l'effleurement ne devient-il pas contact ? Pourquoi le domino ne s'écroule-t-il pas ? Miracle. Un peloton est un chef-d'œuvre en péril. L'équation à multiples inconnues ambulantes d'un mystérieux équilibre que nous allons tenter d'expliquer.

Première hypothèse. Ces roues tournent de concert. Il s'agit bien encore de musique. Plus qu'un simple instrument, le peloton est un orchestre bigarré de jaune, de bleu, de rouge, de rose, de blanc, qui prévient la fausse note. Chaque coureur est un soliste agrégé à l'ensemble qui joue sa partition dans un accord parfait. Mêmes notes, même tempo. De cette harmonie dépend le salut d'une formation qui passe par l'extrême vigilance de ses instrumentistes. Chacun doit se caler sur l'autre, prendre ses marques sur ses voisins. À la moindre inattention, au premier écart inconsidéré – un ralentissement trop brusque ou une accélération trop subite –, c'est le désaccord fatal, le couac, le crash. Les vents percutent les cordes, les bois s'encastrent dans les cuivres, l'orchestre se vautre lamentablement et finit à la casse.

Les cyclistes ignorent le Code de la route et ses distances de sécurité. Loin de prendre leurs distances, ils semblent rechercher le contact. Regardez-les former un troupeau, front contre front, épaule contre épaule. Voyez comment ils se blottissent, se roulent en boule, se *pelotonnent*. Les trajectoires dévient légèrement, et pourtant cela passe alors que cela devrait casser.

Par ce spectacle de funambules, un peloton donne la leçon d'un ajustement permanent. Cette science de l'équilibre est leur seule garantie. Chacun, relié à l'autre par des fils invisibles, est l'assurance-vie du voisin. Ils se tiennent comme des mafieux. Si l'un d'entre eux tombe, il entraîne les autres dans sa chute. Malgré les rivalités d'équipe, on se serre littéralement les coudes. Ce n'est plus une question artistique mais sociale.

Mais ce prodigieux exercice d'équilibrisme appelle une autre explication. Qui n'a pas roulé au sein d'un peloton ne soupçonne pas la force d'inertie qui agglomère la meute. Un même fluide circule entre ces bolides pour réguler leur allure selon une réaction chimique encore inconnue. S'agit-il d'ailleurs vraiment de chimie ?

À la baguette, on trouverait peut-être une intelligence collective, corporelle, qui n'en est pas moins supérieure. Un Grand Marionnettiste qui tire les fils ? Quand le peloton se ramasse une gamelle, c'est qu'il s'est assoupi et que ses fils se sont détendus. On croit voir une centaine de coureurs. En réalité, ils ne font qu'un, ou tendent à ne faire qu'un. Le peloton est à la fois un mille-pattes et une hydre à cent têtes. Voilà que nous avons basculé dans le mythe. Subtile métamorphose.

Petite philosophie du frottement

L'homme est un animal social. Ce n'est pas le cycliste qui dira le contraire. Un peloton est un régime d'intérêt général. Une coalition permanente. La cohabitation nous est naturelle. Nos politiques devraient en prendre de la graine. Pas question de la jouer perso ou de se faire des coups vaches. Embarqués dans la même galère, nous avons tous intérêt à faire une place à l'autre, à éviter les coups de barre intempestifs. Pour nous, *Vivre ensemble* est plus qu'un slogan, une nécessité.

Mais la place est plus chère que la rue de la Paix au Monopoly. Bottes de radis ou rangs de sardines, notre occupation principale consiste à frotter. À la différence des obsédés sexuels du métro, nous frottons à notre corps défendant. L'être humain se frotte les mains, les yeux, ou les oreilles. Nous, ce sont les épaules, zone incompressible. On a beau les rentrer, elles sont plus larges que notre vélo. L'homme a découvert le feu en frottant du silex. On découvre le cyclisme en se frottant aux voisins. Et comme dit le proverbe, qui s'y frotte s'y pique.

Certains savent y faire. Comme à la plage, ils repèrent le bon endroit pour ne plus en bouger. On ne les déborde ni à droite ni à gauche. Ils n'avancent ni ne reculent, mais restent au chaud et par un effet d'inertie se maintiennent au fil de l'eau. Ce sont des passe-muraille. Ces gens-là font leur petit bonhomme de chemin sans se faire remarquer. Ils n'emmerdent personne et personne ne les emmerde.

D'autres misent sur les bords moins fréquentés. Ils parcourent davantage de chemin et la sortie de route n'est pas à exclure. Ce sont des tout-terrain, des extrémistes, qui n'ont peur ni de l'herbe ni du gravier.

Au milieu, on s'économise davantage. Mais il y a foule, c'est le royaume des trous de souris. Le triomphe aussi de la patience. On compte ses coups de pédale en attendant l'ouverture, pour s'y glisser à la moindre brèche, aspiré par le vide. On se pousse du guidon comme d'autres du col. Le reste ensuite se faufile. Le tour est joué : on a remonté d'un cran. Ainsi progresse-t-on de trouée en trouée, d'interstice en interstice. De l'extérieur, la progression semble fluide, mais il ne faut pas s'y fier. C'est la bagarre à tous les étages.

Avant un sprint massif ou au pied d'un col, c'est une tout autre musique. Il faut se replacer ou remonter son leader. Une guerre de positions. Le cycliste redevient un loup pour le cycliste. Pousse-toi de là que je m'y mette : on ne frotte plus, on cogne.

L'essentiel est de deviner à quel client on a affaire. Un conciliant ou un intraitable. Un commode ou un récalcitrant. Dans ce gymkhana, la plupart doivent se débrouiller seuls. Les leaders, eux, ont leurs déménageurs qui leur ouvrent la route tels des véhicules ministériels.

Frotter, camper sur mes positions, défendre mon pré carré, ce n'est pas dans ma nature. Slalomer, s'insinuer, forcer le passage, très peu pour moi. Là où d'autres mettent le pied, je vois des portes fermées. Le verdict tombe : je rétrograde de dix à vingt places, et les coureurs qui ont pris ma roue dégringolent avec moi, furieux à mon égard.

Mais jouer des coudes n'est pas indispensable. On peut aussi se laisser glisser en queue de peloton. Le point de vue y est plus dégagé. On se retrouve entre collègues de bureau à refaire le monde à défaut de faire la course. On y discute sereinement de la météo, de la famille, comme des cancres au fond de la classe, on bavarde.

La file indienne est une autre solution. Plus de voisins, plus de problèmes de voisinage. Mais ce sera le signe qu'on est passé aux choses sérieuses. Un bien pour un mal.

La liste de mes sacrifices

Plâtrées de pâtes sans fromage
Tu avaleras,
Porridge, viandes blanches, laitages…
Tu supporteras.

Alcool, sucreries, graisses animales, tu écarteras.

Séances d'entraînements
Tu enchaîneras,
Stages en altitude loin de ta famille,
Au sein de ton équipe, ton autre famille
Tu multiplieras

Dénivelés quotidiens de 5 000 mètres,
Tu t'infligeras
Et quand tu seras fatigué
Tu recommenceras

Minable tu te mettras
Pic de forme tu espéreras.
Pour le rendez-vous de l'été
Que tu te donneras
Ton corps tu épuiseras.
Et cætera et cætera.

Je n'ai rien laissé au hasard. Pour rien au monde, des leaders comme moi ne manqueraient cette course. C'est notre Grand Rendez-vous. Selon les spécialistes, je suis l'un des hommes à suivre, pas l'homme à battre, mais un bon candidat au podium, voire mieux selon les circonstances.

Hier, lors de la présentation au public, l'animateur m'a interrogé sur mes objectifs. Je tiens la forme de ma vie. Mais afficher ses ambitions porte malheur. J'ai juste dit que je me sentais bien et que j'étais content d'être là sur cette terre de cyclisme. On m'a évidemment applaudi pour ces banalités qui masquaient mal mon impatience. Les gens ne soupçonnent pas tous ces sacrifices consentis dans l'ombre, loin des caméras. Ils préfèrent avoir des soupçons.

Hier, avec mes managers, nous avons discuté stratégie. Si les premiers jours, on ne gagne pas le Tour, en revanche, on peut le perdre. Tout le monde est nerveux. Nous débordons de forces. Nous brûlons d'en découdre. Tu fourniras le minimum d'efforts, tu te laisseras remorquer, tu te feras oublier, m'ont-ils rappelé.

Mais dès la première étape, on entrait dans le vif du sujet. Un joli col, une descente assez piégeuse, surtout en temps de pluie. Le grand favori n'avait pas l'air souverain. Il y avait peut-être un coup à jouer. Si on peut gagner du temps, pourquoi s'en priver ?

Je me suis mis dans la roue d'un autre leader qui avait l'air de vouloir déjà attaquer. Mais il est parti à la faute et moi derrière, je n'ai pas eu le réflexe de l'éviter. Je me suis remis debout, prêt à repartir. Mais quand j'ai voulu remonter sur la selle, une douleur m'a transpercé l'épaule droite. Après les derniers coureurs, les voitures ont pu s'arrêter. Lorsque le médecin m'a demandé de faire quelques mouvements, le verdict est tombé.

La course était donc déjà finie avant d'avoir débuté. Dans ce virage de rien du tout, elle allait s'arrêter, près d'un petit rocher. Certes, il faut bien que les choses arrivent quelque part. J'ai secoué la tête. Ce n'était peut-être qu'un cauchemar. J'étais dans mon lit, la course n'avait pas encore commencé. Mais tous ces gens qui parlaient, tous ces klaxons…

Je ne rêvais pas, j'étais bien sur le point de laisser mon équipe, qui allait poursuivre sans moi. Adieu, podium et bouquet de fleurs. La faute à pas de chance ? Je sais seulement que j'ai mis toutes les chances de mon côté. Et puis un caillou, un grain de sable, un esprit qui bat la campagne et patatras ! Ce n'était ni mon jour ni ma course ni mon année.

Je suis resté sur le bord de la route, comme un boxeur sonné qui s'attarde sur le ring. Je pensais à tous ces sacrifices inutiles, à ces prochains jours où j'allais regarder la course à la télé. Notre métier ressemble à nos parcours, il est fait de montées et de descentes, de hauts et de bas. L'année prochaine, je reviendrai.

Plâtrées de pâtes sans fromage
Tu avaleras,
Porridge, viandes blanches, laitages…
Tu supporteras.
Alcool, sucreries, graisses animales, tu écarteras…

En voiture

Tout à l'heure, nous en plaisantions encore. Ou plutôt, c'était mes équipiers qui plaisantaient.

– Alors, ce record, quand est-ce que tu nous le claques ?

J'avais répondu : cela dépendra de vous.

Ils sont là en effet pour m'aider. Pour m'emmener jusqu'à cette dernière victoire. Une seule encore et le record sera battu. Une œuvre de longue haleine entamée à une époque qu'ils n'ont même pas connue. Pour eux, je suis l'Ancien.

Un an que je cours avec cette équipe. Malgré mes trente-huit ans, malgré la dépression, malgré les mauvaises langues qui me disaient fini, on m'a fait confiance. Je suis peut-être fini, mais la moisson n'est pas terminée. Je me suis remis en selle, j'ai repris le chemin de l'entraînement, je me suis mis à nouveau minable car je sais que la victoire est à ce prix et qu'elle est avare.

C'est mon dernier tour de piste. Après cette tournée, le saltimbanque baissera le rideau. Destination maison, où m'attendent mes trophées et mes enfants avec qui je partirai parfois en balade en vélo.

Jadis, je gagnais une jambe au-dessus des autres. Aujourd'hui, les jambes sont lourdes. Il faut aller chercher les étapes avec les dents et les miennes sont élimées. Il n'empêche : celle-là me plaît bien, je l'ai cochée sur le parcours. Je suis même venu la reconnaître, surtout la dernière ligne droite, pour savoir où produire mon effort.

Pour ne pas y penser, je discute avec les copains. On traîne en queue de peloton, décontracté du guidon. Mais parfois, cela me reprend. Des éclats de joie, des souvenirs d'allégresse, quand je franchissais la ligne en premier. Les poings serrés, les bras crispés, je poussais un cri de bête. À chaque fois, c'était la même jouissance décuplée par la violence de l'effort. Quand vais-je revivre ce moment-là ?

La réponse n'a pas tardé. Devant moi, deux vélos s'étaient carambolés, j'avais l'esprit ailleurs, je suis allé à la faute. Car toute chute suppose une faute, ou du moins une erreur d'inattention. L'instant d'après, j'ai mangé du bitume. On oublie toujours à quel point il est dur. Et combien le corps est fragile. Même celui d'un sprinteur aux grosses cuisses.

Le bon réflexe, c'est de se relever aussitôt. Il faut se remettre sur ses jambes, remonter sur sa machine. Pour l'inventaire des bobos, on verra plus tard, il faut passer sur sa douleur. Impossible de donner son vélo à un autre, le cyclisme est un sport sans remplaçant sur le bord de la route.

Le nez sur l'asphalte, je suis le premier à évaluer les dégâts. Mon épaule gauche a tout pris, elle est en miettes. Mes trois équipiers se penchent sur moi, j'aperçois leurs chaussettes. Tant pis pour l'étape du jour, on remettra ça demain : ils espèrent encore que je reparte. Mais les gars, vous ne comprenez pas que demain, je ne serai plus là. Voilà ce que je leur répondrai si j'en avais la force. Mon corps vient de me lâcher, je n'en ai pas de rechange, il n'y a plus qu'à ramasser les morceaux. Leurs chaussures, qui raclent le sol, font une musique sinistre.

La course s'éloigne. Peu importent ses éclopés, elle poursuit sa route, fonçant vers l'arrivée. Ma chute a dû être annoncée à la télé, je ne suis pas n'importe qui. Les caméras sont peut-être sur moi, qui sait, je passe à l'antenne. Je ne veux rien savoir. Je sais seulement que le temps s'est arrêté. Que mon chronomètre s'est brisé.

Les voitures suiveuses me frôlent en klaxonnant comme si je gênais déjà. Je ne suis plus un coureur, juste un accidenté de la route. L'une d'elles se gare sur le bas-côté, on me pousse avec ménagement.

Pourquoi se presser, laissez-moi en profiter. Je tente de résister. Puis je me laisse faire, tête basse, yeux battus. Vieux jouet cassé, coureur perdu. Que fais-je là, alors que je me voyais tout en haut ? Comment s'appelle le village que nous venions de traverser ? Je n'ai pas fait attention au panneau. Ainsi s'achève nulle part ma carrière sans faire-part.

Autour de moi, on s'affaire tandis que je rêve encore à ce record que je ne battrai plus. À ces lignes d'arrivée que je ne franchirai plus les bras levés. Rompre avec le monde, ce n'est rien, mais avec l'espoir ! Le cœur se brise quand il faut renoncer à ses rêves. Donnez-moi mon vélo, je veux redescendre de cette voiture, c'est une erreur, on va tout recommencer !

Mais au premier mouvement, je grimace de douleur. Le sprinteur est devenu l'otage d'une ambulance. Le coureur, un passager automobile.

Je pense à mes équipiers qui ont repris sans moi. Je les imagine qui rembobinent le film, pour savoir où la pellicule a cassé. Je sens qu'ils se reprochent quelque chose. Je les vois qui secouent la tête. L'un d'eux se souvient peut-être de la phrase prononcée tout à l'heure : alors, ce record, quand est-ce que tu nous le claques ?

Le guignon

Si un chat traverse la route, il est pour moi. Le chat n'a pas besoin d'être noir. Parfois, je me relève et je repars. Mais parfois aussi, je dois abandonner. Parce qu'un foutu animal domestique a décidé, ce jour-là, de se suicider sous mes roues. Si un coureur a la mauvaise idée de balancer un bidon sur la route, il n'est pas à exclure que le bidon joue le rôle du chat.

Si je suis en grande forme, je crève quand part le coup décisif. Ma voiture met des plombes à venir me dépanner et mes équipiers ont beau m'attendre, je n'ai plus que mes yeux pour pleurer. Le soir, dans ma chambre, je me répète : mais pourquoi moi ? Qu'ai-je fait au bon Dieu du vélo pour qu'il persécute ainsi un pauvre cycliste ?

Le peloton est parcouru de vagues qui le traversent. Si l'une d'elles part d'un côté, c'est parfois sur moi qu'elle vient déferler de l'autre côté, sur moi et pas un autre, car je me trouve au mauvais endroit, au mauvais moment. Je ne peux rien y faire. Car il n'y a rien à faire. Le cyclisme est ainsi, on a beau tout prévoir, tout peut arriver. Il m'est arrivé des tas de choses.

Un jour où je réussis à suivre les deux cadors dans la dernière ascension, ma chaîne de vélo, à la flamme rouge, vient me rappeler qu'elle est libre de sauter quand elle veut, de préférence quand je vais enfin rejouer la gagne.

Il m'est arrivé également d'être seul en tête dans un grand col. C'est la foule des grands jours, la moto de la télévision ne peut plus passer. Moi non plus, car je suis juste derrière et je viens m'empaler sur la bécane qui gît au milieu de la chaussée. Résultat : un vélo brisé et trois minutes de perdues.

Les coureurs redoutent toujours les pavés. On peut crever à tout moment. J'ai parfois réussi à crever avant même d'entrer sur les secteurs répertoriés. J'en suis venu à estimer plus raisonnable de ne pas prendre le départ.

J'aime bien les fortes chaleurs. Une année de canicule, j'étais le plus heureux des hommes. Je m'étais réjoui trop vite. Une dépression nous a rattrapés, un froid inattendu. Je ne suis pas tombé de mon vélo, je suis tombé malade comme un chien et j'ai dû abandonner. Je ne demande pas d'avoir de la chance. Je demande seulement à ne pas jouer de malchance.

Un jour, j'ai obtenu le droit de disposer d'un mobile home. Parce que la literie laisse à désirer dans les hôtels, parce que mon camarade de chambre est un gros ronfleur, parce que l'air climatisé infesté de microbes m'attaque les bronches. Parce qu'il faut bien mettre toutes les chances de son côté. J'allais pouvoir dormir tranquille. C'était sans compter sur des gars bourrés qui sont venus pisser près du van la nuit, en chantant à tue-tête.

Mon mobile home a suscité la curiosité, un tas de types le visitent, un tas de mains qui se posent sur la poignée de porte. L'un d'entre eux devait avoir un rhume. Deux jours après, je traîne en queue de peloton.

Chat vagabond. Nid-de-poule. Graviers mal placés. Sauts de chaîne intempestifs. Voisins maladroits. Aléas météorologiques… Rien ne m'aura été épargné. Certains passent au travers des gouttes, les gouttes me traversent. La roue tourne, mais toujours du mauvais côté. Je suis un martyr du hasard. Le destin m'a roué de coups. Ou bien est-ce le Dieu railleur des cyclistes qui m'a fait manger le bitume quand bon lui semblait ? On me promettait la gloire. J'ai accumulé les déboires. D'autres que moi iraient se pendre à leur chaîne de vélo, mais je n'ai pas renoncé à y croire. Je serais né sous une mauvaise étoile ? Mais c'est ma seule étoile et sous sa pâle clarté, je veux continuer à pédaler.

Hécatombe

L'hélicoptère survole le théâtre des opérations. Il n'est là ni pour participer à une offensive ni pour se porter au secours des blessés qu'on croirait étendus sur le pré à prendre le soleil. Caméra à bord, l'appareil tourne en rond, condamné à enregistrer l'étendue des dégâts. Un drame au sol tympanisé par le boucan de ses pales. Mais le son est coupé à l'écran et le téléspectateur s'abandonne à la sidération d'une vision brute, nappée d'un silence sépulcral, celle de ses champions fauchés en pleine vitesse.

La route, un virage en pente, jonchée de corps. Certains incapables de bouger, raidis dans leurs cuissards, comme surpris sur le lit d'une mort subite. Le surplomb accentue l'écrasement. Les sportifs aux jambes déliées ne sont plus que des anatomies minuscules. Éparpillés sur le bitume, rencognés dans le ravin qui leur fait un cercueil, coincés dans une rigole de béton, perdus au milieu de sinistres rochers métamorphosés en obstacles meurtriers. Quelques-uns sont allés finir dans une clairière, entre des arbres évités de justesse. Enchevêtrés dans une promiscuité macabre, ils nous rappellent ces carambolages auxquels, enfant, on se livrait, innocemment, avec nos figurines de cyclistes.

Le peloton a explosé. Non sous le coup d'une accélération fulgurante, mais d'une chute à l'effet d'une bombe à fragmentation. Fétus de paille soufflés, les premiers rangs gisent aux quatre coins du tournant. Le téléspectateur, lui, est indemne, saisi par cet inventaire de postures tragiques : étendus de tout leur long, recroquevillés sur le flanc, assis le menton sur les genoux, assommés, rampant à quatre pattes, tête basse… Le tout, parsemé de leurs bicyclettes orphelines de leurs coursiers qui sont allés mordre non la poussière mais un bitume autrement meurtrissant pour les chairs.

Sur cette scène de guerre, les coureurs ne sont plus que des soldats laissés sur le carreau après une attaque éclair. La caméra toujours aérienne – consigne de prudence, ne pas filmer de trop près – se livre à une identification des victimes. Si l'étape est arrêtée, les informations circulent vite, relayées par la radio de la course, répercutées à l'antenne. *Il y a du lourd.* Traduction : les principaux favoris sont *impliqués*, la crème du peloton a été balayée par ce *full strike.* On imagine déjà les gros titres du lendemain : *Le chaos. Un jeu de massacre. L'Apocalypse !*

Un petit vieux regagne en claudiquant la voiture de son directeur sportif. C'est le leader. La veille, il était déjà tombé. Deux chutes en deux jours, on ferme le ban. Malgré l'éclat jaune de sa tunique, il jette l'éponge, tel un boxeur sonné de coups. Assis sur un siège, le regard perdu dans le vide, son geste d'adieu a le fatalisme de l'homme vaincu par les éléments.

Un blessé traverse l'écran d'un pas somnambulique. Le champion du monde parti faire un soleil entre les sapins. Sa main gauche qui tient son coude droit plaqué contre le torse, livre le diagnostic : fracture de la clavicule, voire de l'omoplate. Comme ces rescapés d'attentat, errant parmi les ruines, il déambule, encore sous le choc. Les voilà *refroidis*, renvoyés à leur vulnérabilité de funambule comme à l'empire glaçant de la mort qui vient de les frôler de son aile.

C'est surtout pour l'homme en rouge qu'on est inquiet. Son immobilité est de mauvais augure. Le tenant du titre, jusque-là miraculeusement épargné par les chutes. Le miracle vient de prendre fin. Sa cuirasse a volé en éclats, ne laissant plus sur le sol qu'une enveloppe maigre et fragile, un dos au maillot arraché, tavelé d'ecchymoses qui lui font une peau parcheminée de noir.

Et déjà les images sont revisionnées. L'écriture de l'événement se fait à chaud, alors même que ses protagonistes n'ont pas encore été évacués du décor. La course cède le pas à un front de l'actualité, un *breaking news*, qui, inlassablement, passe et repasse la même scène. La bande est disséquée, l'après s'y télescopant avec l'avant dans un court-circuit dramatique qui s'acharne à rembobiner le fil rompu. On a beau revoir l'écart du premier coureur, on ne saisit pas bien pourquoi cette fois ce n'est pas *passé*. Mystère du cataclysme. Un commentateur émet l'hypothèse d'un objet oublié sur la chaussée, de racines d'arbres coupables ayant entraîné les coureurs dans un culbuto géant. Un soulèvement de terrain ; pour ainsi dire, un tremblement de terre.

L'étape est *neutralisée*. Plus d'attaque autorisée, celle-ci suffira, il y a déjà eu assez de dégâts. À chaque jour suffit sa chute.

Déjà resurgissent les débats autour de la sécurité des coureurs. On y rejoue la querelle des Anciens et des Modernes. Haro sur la technologie, crient certains. Les oreillettes des directeurs sportifs qui grésillent en permanence ? Un perturbateur cérébral. Les compteurs de watts sur le guidon ? Un fléau pour la concentration. Les freins à disque, qui permettent de retarder le freinage ? Un appel au meurtre. Le cycliste ne monte plus sur un vélo, il chevauche une Formule 1, otage d'un engin toujours plus sophistiqué et incontrôlable. Peut-on arrêter le progrès ? Mais quel est ce progrès qui envoie les acrobates au casse-pipe ? Les esprits s'échauffent…

Pendant ce temps, le tenant du titre, recroquevillé dans sa douleur, a été déposé sur une civière puis enfourné dans l'hélicoptère qui a fini par se poser. Puisqu'il n'y a plus de course à couvrir.

VU À LA TÉLÉ

Parade

Ce soir, ils ont la taille mannequin. Ils ont même encore un peu de gras. Rassurez-vous, cela ne durera pas. Très vite, ils vont se mettre à fondre et bientôt ils auront la taille cycliste.

Flambant neufs, vierges de tout effort, ils défilent sur la passerelle. Qu'ils en profitent, demain débutera la ronde infernale. Pour l'instant, ils n'y pensent pas. Entre deux clips à la gloire du pays traversé dont ils ne verront rien, un monsieur Loyal appelle chaque équipe à une revue d'effectifs. Au suivant !

Ce soir, en lever de rideau, leaders, capitaines de routes, lieutenants et *gregarios*, tout le monde a droit au podium. Acteurs dociles d'une superproduction télégénique, ils viennent se garer avec leur monture près de la marque tracée sur l'estrade. À l'énoncé de leur nom, petit sourire, on agite la main, tandis que la caméra zoome sur des visages reposés. Elle s'attarde aussi sur d'autres noms cousus sur leurs tuniques. À se demander si cette soirée de gala vise à présenter les coureurs ou bien leurs sponsors.

À les voir ainsi impeccablement alignés, on saisit mieux les physiques : filiformes, costauds, râblés, ou coureurs de poche. Autant de profils rassemblés pour un casting géant. Malgré leurs différences, ils ont l'air de cousins affamés venus se remplumer à une fête de famille qui prendra la forme d'un périple en vélo.

Demain, il s'agira de filer au plus vite. Mais avant d'en découdre sur le bitume, ils participent à un *catwalk* vélocipédique. Le temps d'une soirée, les forçats de la route posent en gravures de mode.

Pour annoncer chaque équipe, une *ombrella girl*, aux seins dûment calibrés, les précède sur la plate-forme, démarche chaloupée, censée mieux souligner l'esthétique du maillot. Nous sommes en Italie, bastion de la femme potiche. La fille déploie ses charmes, les coureurs leurs cuisses, dans une répartition des genres archaïque où l'ouverture sert de mise en bouche.

Chaque leader est soumis à la question. Vos objectifs pour cette édition ? L'intéressé répond d'abord sur sa joie d'être là, dans ce si beau pays – applaudissements assurés de l'assistance flattée – avant de saluer la qualité de sa valeureuse équipe – sourires entendus des camarades – qui peut leur laisser espérer une étape, la moindre des choses, pour le reste, on verra, la course décidera… L'hypothèse du casting revient : mêmes répliques, mêmes mimiques. Mais si les discours tournent en boucle, dès demain, ils seront amenés à *faire des différences*.

Pendant que le leader enchaîne les révélations, l'un de ses équipiers le filme avec son téléphone, s'accorde un selfie, puis immortalise la foule bienveillante. Tous font partie d'une même mise en scène, éphémère, mais enregistrée.

Le carrousel des équipes va crescendo jusqu'à l'apparition du grand favori. Le clou de la procession. Toute superproduction a sa vedette, l'homme à (a)battre. Le héros fait encore profil bas, mais donne rendez-vous. Puis, tel un cow-boy juché sur sa monture, il s'en repart dans la nuit sur son vélo d'équilibriste, non sans avoir salué un public impatient de vibrer à ses exploits. La répétition générale est terminée. « Attention, mesdames et messieurs, dès demain, on va commencer… » Un spectacle dont ils seront cette fois les auteurs, car selon le dicton, « ce sont les coureurs qui font la course ».

Qui regarde quoi ?

Aujourd'hui, comme hier et demain, les abonnés au canapé font le pied de grue devant la petite lucarne prête à leur donner leur feuilleton quotidien et préféré, *Plus belle la course*. Super-ralentis, caméras miniatures embarquées, bras articulés, drones… Tout un arsenal à leur disposition.

Les spectateurs sur le bord de la route poireautent en visionnant la course sur leur téléphone qu'ils braqueront au passage des coureurs à l'instant même où ils apparaîtront fugitivement à l'image qu'ils ne pourront donc pas voir. Le public massé à l'arrivée tue le temps avec l'écran géant charitablement installé au-dessus de la ligne. En attendant les coureurs, ils en auront les images, interrompues peu avant le final afin de diffuser des messages publicitaires. Il faut bien vivre.

Les directeurs d'équipes dans les voitures suiveuses signalent à leur leader, par les oreillettes, que tel rival, si l'on en juge par le dernier gros plan, n'est pas dans un grand jour. Télé-espionne, télé-moucharde.

Les commissaires de la course, à l'affût d'un coureur qui aurait la main un peu trop collée au bidon tendu à la fenêtre par son directeur de course. Ou bien ils surveillent un autre trop longtemps dans le sillage de sa voiture pour revenir au contact du peloton.

Les coureurs eux-mêmes se retournent pour savoir si des motos-télés ne sont pas sur leur dos en train de les filmer ou bien lèvent le nez vers le ciel et l'hélicoptère au voyant alternativement rouge ou vert. Bref, tout le monde regarde tout le monde.

Mais revenons au canapé. La caméra de la télé précède souvent les coureurs qui semblent foncer sur elle. En réalité, ils ne la voient pas, concentrés sur leurs adversaires, veillant à ne pas commettre la moindre faute d'inattention. Mais le téléspectateur se figure que c'est vers lui qu'ils viennent. Il savoure le spectale de ces sportifs qui paraissent vouloir le rejoindre sans jamais y parvenir. Il jouit au spectacle de ce désir permanent dont il serait l'objet. Voilà peut-être la clé du charme qui nous rive à notre écran.

Einstein on the road

Moins d'un kilomètre avant le sommet du col. Ils sont roue dans roue et se rendent coup pour coup. La passe d'armes est superbe, les commentateurs donnent de la voix, il y a, selon la formule, du K.O. dans l'air. La foule, prête à engloutir les deux gladiateurs, n'attend plus que la mise à mort.

Deux motos ouvrent la route. Des caméras embarquées qui filment et mitraillent au plus près, pour relayer leur joute *urbi et orbi*. À Bangkok, à Sydney, à Copenhague, à Berlin, à Madrid, on est suspendu au moindre coup de pédale de ces deux cyclistes à l'effet papillon garanti.

Le sommet approche. Ils vont encore dégoupiller. Plus vite, hurle à son motard le cameraman qui sent le coup venir. Mais le pilote secoue la tête : impossible. S'il accélère, il va renverser des spectateurs. L'échange a échappé au duo, trop occupé à vider sa querelle.

Boum, c'est parti. Le maillot blanc, en embuscade derrière le jaune, qu'il déborde, a placé une accélération foudroyante. Mais il doit vite se rassoir, bloqué par les motos, elles-mêmes bloquées par la multitude, qui n'a pas compris que la course vient d'être faussée.

Si l'on croyait assister à un duel, on s'est trompé. Avec le public, les photographes et les caméras descendues dans l'arène, le combat se dispute à trois : coureurs, médias et foule. Un trio pris dans un tourbillon d'interférences. Le coureur en blanc en découd avec son rival, mais aussi avec la meute et les motos.

La route est donc bien encombrée. À qui la priorité ? Calé dans son fauteuil, le téléspectateur attend sa ration de gros plans. Il a bien reçu l'image de l'accélération, même si cette image en a sonné le glas, puisque le motard, par souci de ne tuer personne, a freiné cette accélération. C'est bien de mort dont il s'agit. La représentation – la télé – vient de tuer dans l'œuf le réel – la course. Un avortement en direct qui accouche à son tour d'autres images, celles d'un coureur obligé de remettre à plus tard son coup de force. Le spectacle dicte sa loi à la course, il en rappelle même la nature, celle d'être d'abord un spectacle.

Croire que la caméra est neutre est une erreur. Dès lors qu'elle se frotte aux coureurs et aux spectateurs, elle introduit du jeu dans une réalité qui n'est qu'une zone de contacts, d'intrusions et de perturbations. Tout corps plongé dans le réel est déformé par lui et le déforme en retour : ce pourrait être une des lois d'Einstein. Aussi passif soit-il, le téléspectateur agit, à distance, sur l'événement qu'il regarde. Il a beau crier au scandale, il participe à ce scandale, il en est même à la source. C'est le canapé qui décide.

S'il y a scandale, c'est aussi dans son sens originel : un dévoilement de ce qui devrait demeurer caché. Car l'incident vient de dévoiler la hiérarchie de la course, un effort des coureurs au service d'un divertissement du spectateur. Il nous rappelle que le cyclisme est le seul sport qui soit ainsi confronté aux hasards de la réalité et à ses contingences. À échelle miniature, ce sera un caillou sur la chaussée, une flaque d'huile ou l'agitation excessive d'un spectateur. À plus grande échelle, ce sera cette cohue monstrueuse propre à effrayer un motard obligé malgré lui de faire obstacle au bon déroulement de la course. Le réel impose son chaos et ses incertitudes. Ceux qui s'en indignent n'ont rien compris à ce sport, qu'ils voudraient aseptisé. Qu'ils retournent à la piste et à son anneau inviolé : le public y est relégué dans les tribunes, les caméras sur le terre-plein central, et les vaches sacrées de la compétition sont bien gardées.

Dans le cocktail du cyclisme, il ne sert à rien de chercher à trier le bon grain de l'ivraie. Jamais rien n'est écrit. Voilà pourquoi le vélo est tragique. Ou absurde. Comme la vie. Comme l'injustice insignifiante du hasard qui avait placé cette moto sur le chemin d'un champion.

Paysages

Géographique. En bas, nous relevons une large dépression de terrain, un encaissement de vallée avec sa cuvette sombre dominée par de hauts reliefs aux versants revêches. Au premier plan, les pentes ingrates, jonchées de caillasses, d'un col pierreux. À cette altitude, la végétation éparse a rendu les armes et tourné les talons. À l'arrière-plan, des névés jettent sur le sommet le pelage d'une panthère des neiges. Très loin, plus haut, des cohortes de nuages barrent l'horizon d'une autre touche de blanc. On attendrait des bouquetins et des randonneurs. Égaré dans l'immensité pelée, on aperçoit un chapelet de coureurs partis à l'assaut des ultimes lacets.

Ludique. On dirait les jouets d'un enfant enroulés en écharpe autour du cou d'un géant. Miniatures cramponnées à leurs vélos Playmobil, ils ressemblent à des lilliputiens engagés dans l'ascension du mont Gulliver.

Animalier. Aurait-on là par hasard une colonne de fourmis multicolores qui cheminent en file indienne dans la perspective d'une Grande Assemblée ?

Esthétique. Éparpillés dans le creux d'un virage, ils forment un joli serpentin qui en épouse la courbe.

Présence incongrue et sinueuse qui enjolive l'arrondi de la montagne d'un liseré éphémère.

Anthropologique. Vu d'en haut, il n'y a plus ni vainqueur ni vaincu, ni échappé ni lâché. Seule demeure la démesure évidente de leur entreprise. Le cycliste se frotte à des colosses de pierre, à des demi-dieux abrupts, à des forces obliques de la nature qui tolèrent cette intrusion sur leur territoire sacré. Ce n'est pas la pente qui impressionne, mais les dimensions de ces espaces où ces insensés se sont hasardés. Juchés sur leurs roues, ils ne sont là que de passage, en pointillés.

Sémiologique. D'un côté, les vues paisibles d'une nature indifférente. De l'autre, le drame scénarisé d'une course tendue qui attend son dénouement. Le spectacle télévisuel traduit bien ce contraste. D'une part, le saupoudrage de cartes postales patrimoniales permises par la boule Wescam de l'hélicoptère, qui semblent extraites d'une série intitulée « la France vue du ciel ». De l'autre, une rafale de zooms censés magnifier les efforts des coureurs héroïques. Valorisations du territoire et du mérite personnel. Mais ce zapping permanent introduit une distorsion d'échelle entre l'infiniment grand et l'infiniment petit. Une subtile mais trompeuse inversion des proportions. Car c'est l'homme qui accède à l'immensité et le paysage qui se miniaturise. L'homme est intronisé paysage quand celui-ci n'en est plus que son ornement.

ÉPILOGUES

Voiture-balai

Ici, la course n'est plus qu'une lointaine rumeur. La victoire se joue sous d'autres latitudes, sur une autre planète. Ici, depuis longtemps, il n'est plus question de gagner, mais de survivre.

Le dernier arrivé est souvent attendu. On n'attend plus que moi. Le public est resté poliment pour me prodiguer ses encouragements, les derniers d'une longue journée. Un de plus, un de moins. À force d'avoir vu passer des coureurs, ils ont l'air un peu ivres. Moi, c'est de coups de pédale que je suis ivre. Je ne sais même plus si je les donne ou si je les reçois.

Après moi, rideau. Je peux toujours me retourner, je suis bien le serre-file d'un peloton, qui, lui, ne m'a pas attendu. J'ai dû aussi laisser filer le *gruppetto*, cette association de coureurs réunis dans la difficulté. Car je suis dans une extrême difficulté. Je ferme la marche, mais c'est une marche funèbre.

Dans mon dos, j'entends le moteur qui vrombit, à l'affût de mon dernier soupir. Lui aussi, il attend. Que je jette l'éponge sur le ring de l'asphalte. Que je sorte par la petite porte, celle des détenus qu'on exfiltre par l'arrière. Que je monte dans cette voiture comme un condamné monte à l'échafaud. Sirènes de l'abandon et du renoncement auxquelles je ne céderai pas. Et je montre mon cul au chauffeur qui voudrait me *balayer* comme un tas de poussière.

Après une crevaison ou un ennui mécanique, on profite de l'aspiration des voitures pour revenir dans le peloton. Ou bien elles montent à notre hauteur pour nous tendre un bidon. Mais ceci n'est pas une voiture. Plutôt un corbillard qui mise sur mon trépas. Eh le cadavre, veux-tu bien regagner le coffre ! Je me bats contre un convoi funéraire. Une épée de Damoclès suspendue au-dessus de ma roue arrière. Une haleine de charogne qui me souffle sur la nuque : du balai, du balai ! Lors des étapes de montagne, la voiture devient fourgon cellulaire. On se retrouve à plusieurs condamnés. Ces jours-là, c'est tarif de groupe.

Mon cerveau embrumé essaie de calculer les délais d'arrivée. La course n'est plus qu'un compte à rebours. Si je traîne trop en chemin, ma femme me reverra plus tôt que prévu. Ne pas penser à la maison. Pour me donner du cœur à l'ouvrage, je m'imagine que cette voiture me pousse doucement de son pare-choc. Du reste, des conducteurs plus charitables que d'autres passent une tête pour ajouter leurs encouragements. La voiture-balai devient alors une voiture-relais.

Progrès

Les records d'ascension tombent. Non seulement battus, mais atomisés. Ils appartenaient souvent à des recordmen du dopage. Puisqu'ils étaient dopés et qu'ils ont été pris par la patrouille, ceux qui améliorent leurs temps le sont forcément. CQFD.

Ce sport attire les sceptiques de tous poils que chaque étape vient confirmer dans leurs soupçons. À lire leurs sarcasmes, les champions ne sont que des chaudières, des pharmacies ambulantes gavées des meilleurs produits. « Le bruit court que X devrait signer chez Motobécane… Il pourrait tracter ma caravane dans un col… Quand je reviens du supermarché à vélo, je suis plus essoufflé que Y au sommet du Tourmalet… Plus c'est gros, plus ça passe… Surtout faites comme si de rien n'était… Et vous n'avez aucun doute ? Pauvres de vous… Dans quelques années, on saura… » Dans un monde qui se divise désormais entre crédules et incrédules, le cyclisme se transforme en champ de bataille privilégié. Entre gogos et rageux. Entre ravis de la crèche et experts autoproclamés. À l'ère de la *fake news*, on crie au *fake show*.

Les palmarès détricotés du passé semblent leur donner raison. Si jadis il en a été ainsi, pourquoi aujourd'hui en serait-il autrement ? L'Histoire devient un argument d'autorité. Le Mal est profond, le péché, originel : le vélo ne saurait être propre. Certains leur répondent que c'est de l'histoire ancienne, qu'il y a du mieux, que des réformes ont eu lieu. Balivernes, rétorquent les suspicieux qui rappellent ce vieux dicton : les tricheurs ont toujours un temps d'avance. Oui, dans quelques années, on saura. Mais eux, ils savent déjà. Ils ont la science infuse du dopage.

Nul autre sport où la probité des résultats soit ainsi remise systématiquement en cause. La faute à sa rudesse. Puisque c'est si dur, pour l'emporter, il faut être un surhomme. Le cyclisme pose la question de l'humain et de ses limites. Nul autre sport également qui offre au bord de la route le spectacle d'un enthousiasme aussi naïf. Une telle naïveté appelle en retour un scepticisme à tous crins. À eux, les vigilants, volontiers complotistes, on ne la fait pas.

Certains s'arrogent même le droit de refaire les classements. Sur la foi de leurs propres critères, ils décrètent qu'un tel est dopé, mais qu'un autre ne l'est pas. S'y mêle un relent de chauvinisme : si les Français sont dans les cordes, c'est bien sûr qu'ils ne prennent rien. L'*ultima ratio* par le dopage : on ne peut pas lutter. L'accusation, parfois voilée, prend la forme d'expressions ambiguës : « Ils sont sur une autre planète. Ce sont des extraterrestres. » À bon entendeur salut !

Face à de telles accusations, la défense a compris qu'on ne se contentera plus de la croire sur parole. Puisque le cyclisme allie l'athlète à sa machine, la fée

Technologie est appelée à la rescousse. Vélos allégés, améliorations en pagaille – pneus, roues, cadres, freins, pédales, cale-pieds, position sur le vélo –, le mérite de ces temps explosés ne reviendrait pas tant au coureur qu'à sa monture. Une manière de dévier le tir ? Peut-être. Force est d'admettre qu'une telle révolution a bien eu lieu. À se demander d'ailleurs si l'on pratique encore le même sport. Pendant qu'on soupçonnait l'usage frauduleux de moteurs électriques, on a mis au point de nouvelles Formule 1 sans… moteur.

Mais le coureur lui-même ? On en a fait aussi une Formule 1. L'EPO interdite et détectable, l'athlète a découvert le stage de longue durée en haute altitude. Pour s'oxygéner ? Pas seulement. La dernière mode y serait le monoxyde de carbone aux vertus suspectes. La nutrition ? Fini les pâtes et le riz blanc, bienvenue au porridge et aux omelettes calibrées. Les séances d'entraînement ? Tout est calculé, analysé, passé au filtre des ordinateurs et d'une intelligence artificielle entrée dans la danse. Le moindre coureur, transformé en rat de laboratoire, est soumis à un programme fractionné en tranches horaires où il est prié de varier les *zones*, 1, 2 ou 3, selon l'intensité de son effort. C'est là toute l'ambiguïté d'un entraînement résumé par un mot magique, la *Préparation*, terme éminemment malheureux, car utilisé en pharmacologie. Tout concourt à faire du coureur une machine, qui formerait avec son vélo une machine au carré.

Demeure un domaine entouré d'un flou artistique : les antidouleurs. C'est le facteur *x* : jusqu'où tenir, encaisser l'effort maximal ? Nous ne sommes pas égaux devant la souffrance. Des inégalités qu'on peut corriger ou accentuer. Le milieu n'ignore plus qu'il est possible de masquer la prise de ces remèdes. Prendre sans se faire prendre : tel serait l'enjeu. Mais pourquoi le vélo serait-il le seul sport sur la sellette ? Tel est le dernier argument opposé par un sport agacé d'être montré du doigt : pourquoi serions-nous les seuls à tricher ?

Une société repose sur un minimum de consensus et de croyance collective. Sans ces murs porteurs, elle s'effondre. Devant le spectacle irrationnel parfois proposé par le vélo, le rappel a été battu des explications rationnelles. Car notre monde de la méthode et de l'ingénierie s'accompagne plus que jamais d'un souci affiché de la propreté et de la transparence. Un monde où la force se doit d'être pure, lavée de son côté obscur.

Elles aussi

De toutes les pages qui précèdent, on ne retirera pas un mot à propos des femmes. Tactiques, profils, situations : ce qui vaut pour eux vaut aussi pour elles. Que dire du vélo sinon qu'il aura fait beaucoup pour l'émancipation des femmes ? Le régime du maréchal Pétain avait bien identifié ce lien consubstantiel de la bicyclette avec la liberté, l'interdisant aux Juifs et aux Juives, afin de les priver d'un moyen de s'échapper.

Quand Marie Marvingt s'invite, contre vents et marées, sur le Tour de France 1908, partant chaque jour, seule, quelques minutes après les hommes qui ne veulent pas d'elle, c'est en jupe-culotte qu'elle parcourt les mêmes étapes inhumaines que les forçats. Les habitants de sa ville de Nancy, qui la voyaient enfourcher un vélo, en auraient avalé leur parapluie. Certes, pour cette « fiancée du danger », également pilote d'avion et de voiture, escaladeuse, trapéziste, il serait plus rapide d'énumérer les sports qu'elle ne pratiqua pas, mais tout Wonder Woman fût-elle, son but était de démontrer que ce que l'homme pouvait, la femme le pouvait également. Elle aurait effectivement terminé l'épreuve. Le conditionnel est requis, faute de trace écrite d'un journal qui aurait eu le front, sur le moment, de rapporter son exploit. Les femmes n'avaient droit ni de cité ni de citation.

Et quand on leur fait l'aumône d'un Tour de France en 1955, il s'agit d'un Tour minuscule de 400 kilomètres bouclés en 5 étapes. Le commentaire du reporter télé est un florilège du sexisme d'antan où la faiblesse supposée de leur sexe est soulignée à chaque phrase sur fond d'allusions grivoises : « Nouvelle conquête féminine… Les massages, dans ce cas, ne sont plus une question d'esthétique… Et nos coursières, c'est leur appellation, le mot coureuse n'ayant pas été accepté, nos coursières, donc, ont accepté la bande de sparadrap qui doit leur raffermir les reins. » Qu'on attribue le terme de « cycliste » à ces amazones suspectes d'excès contraires à la morale n'avait visiblement pas été envisagé. On s'étonnera que ce petit rapporteur n'ait pas manifesté son impatience à les voir se mettre en « danseuse ». Un petit Tour en effet et puis s'en va, l'expérience exotique ne fut pas renouvelée. La vainqueur, Millie Robinson, originaire de l'île de Man, cela ne s'invente pas, n'eut pas droit à la même renommée qu'une autre Mrs Robinson.

Quand en juillet 1984, ils posent côte à côte avec leurs maillots jaunes, le Français Laurent Fignon et l'Américaine Marianne Martin donnent l'impression d'avoir participé à la même course. Mais c'est seulement 6 équipes de 6 coureuses – on ose enfin prononcer le mot – qui ont participé à cette Grande Boucle longue certes de 18 étapes – comme pour les garçons – mais qui ne cache pas sa dimension miniature : les femmes se sont vu accorder les 60 derniers kilomètres des étapes masculines. Des rogatons. En rapport, seraient-elles trois ou quatre fois moins endurantes que leurs confrères ? En ces années de progrès féministe, l'organisateur, l'illustre Félix Lévitan, qui avait en main l'édition princeps, a eu beau sentir le vent tourner et affirmer que « la femme est l'égale de l'homme quand elle ne lui est pas supérieure », les sponsors qui s'affichent sur leurs tuniques dorées semblent d'un avis différent. Pour Fignon, Renault Elf, pour Martin, Banania. Comment mieux suggérer qu'elles viennent d'effectuer un Tour en chocolat, snobées du reste par les deux championnes de l'époque, Jeannie Longo et Maria Canins, et qu'elles n'ont rien à envier, en termes de phénomène de foire, aux « bons Nègres » des Expositions coloniales ?

Évolution ne signifie pas Révolution. Cette fois, les coureuses ont été programmées en lever de rideau, avant la caravane publicitaire, en guise d'apéritif pour les badauds. Fignon, du reste, ne se fait pas faute de soulever un peu plus haut que sa voisine de podium le lourd trophée, lui, qui affirmera face caméra que le vélo redevient une affaire d'esthétique dès qu'il se conjugue au féminin, et qu'à ce petit jeu-là, sa note est très médiocre. « Une femme sur un vélo, c'est moche », dira plus crûment un autre coureur français, Marc Madiot. Sans doute avait-il mal retenu la chanson d'Yves Montand – « On était tous amoureux d'elle / On se sentait pousser des ailes / À bicyclette / Sur les petits chemins de terre / On a souvent vécu l'enfer / Pour ne pas mettre pied à terre / Devant Paulette » – ou raté le générique du film *Le Vieux fusil* qui saisissait une Romy Schneider en cycliste rayonnante de bonheur.

Renvoyées dans l'angle mort de la plastique, déclarées *persona non grata* en 1990 par des mâles gardiens jaloux de leur virilité, les femmes furent cantonnées encore trois décennies à l'anonymat amateur d'une *Grande Boucle* qui portait bien mal son nom. Pour des questions de préséance et de concurrence, le label Tour de France leur avait été refusé. Et leur régime d'hôtels miteux, d'étapes neutralisées, de désorganisation ambiante, d'indifférence médiatique, les obligea à végéter courageusement dans un Purgatoire qui avait des allures d'apartheid. Le cyclisme était à la traîne. La petite reine demeurait l'apanage des hommes.

Le rideau de fer est enfin tombé en 2022. Leur Course est enfin organisée non plus pendant le Tour masculin, comme un petit supplément, mais à sa suite. Sept jours d'abord, neuf jours à présent : la jauge augmente doucement. On attend un peu plus, les coureuses étant les premières à réclamer davantage. La plupart des sports féminins n'ayant plus rien à envier à leurs alter ego masculins, rien ne s'oppose plus à son essor. La farouche citadelle masculine a consenti à abaisser le pont-levis. La roue tourne. Une roue libre, là encore.

Demain

Au fil des ans, les chaussées s'étaient détériorées. Cantonnées jusque-là aux routes du sud, les températures au sol supérieures à 60 degrés étaient devenues monnaie courante. Sous leur effet, *l'enduit goudronné* se mit à fondre, réduit à une pâte à chewing-gum. Pour désigner ce phénomène, les experts, jamais pris de court, avaient inventé un terme : le *ressuage*. Car la route se mettait à suer, comme le corps d'un humain. Elle recrachait la couche de gravillons fixés par une colle désormais trop fragile pour résister à ces chaleurs et qui remontaient à la surface. Cette viscosité transforma les parcours en patinoires. Les chutes des coureurs se multiplièrent.

Il existait aussi un autre type de chaussées plus résistantes : les *enrobés*. Selon un processus plus élaboré, graviers et colle y étaient agrégés avant qu'un rouleau ne les stabilise. Mais elles étaient réservées aux grands axes, aux nationales, aux départementales les plus fréquentées, des itinéraires que la course n'empruntait que rarement, surtout en montagne. Car on aimait faire découvrir les vieilles routes d'antan. Mais les *enrobés* subirent eux aussi l'assaut de la chaleur quand la barre des 70 degrés fut franchie. On connaissait les glissements de terrain. On découvrit les glissements de route.

Il fallut donc arroser les chaussées comme on arrosait les champs. Inaugurée en 2020, cette mesure était demeurée une exception réservée aux tronçons les plus périlleux. Pour cent mètres d'asphalte, une centaine de litres d'eau étaient répandus. Les camions-citernes, qui précédaient la course, prirent le pas sur les véhicules de la sacro-sainte caravane publicitaire. Écrasée de soleil, la foule accueillit avec soulagement ces « camions-fraîcheur », même si beaucoup avaient désormais la prudence d'apporter leurs glacières reconverties en sièges. Mais après plusieurs heures d'attente, celles-ci étaient vides. Ils ne tendaient plus la main vers des bonbons ou des saucissons, mais vers des casquettes et des bouteilles d'eau qu'on voulait bien leur lancer. On les vit s'allonger sur le sol pour rafraîchir leurs chevilles et leurs visages. Des motos de la gendarmerie durent être diligentées pour les empêcher d'assécher la chaussée, au détriment des cyclistes à qui ces bienfaits étaient destinés. La pitié incita finalement à leur envoyer d'autres camions, brumisateurs, qui patrouillèrent le long du parcours.

Cette générosité n'alla pas sans heurt. Des manifestants écologistes prirent l'habitude de protester contre un tel gaspillage dans un pays qui manquait déjà d'eau pour ses cultures. Eux aussi venaient s'allonger sur le bitume, s'y collant avec un enduit dont ils avaient recouvert leurs combinaisons ignifugées. Celles-ci leur permirent d'échapper aux brûlures qu'aurait provoquées la chaleur de la route. Une équipe de *démineurs* fut créée, chargée de détacher ces protestataires à coups de marteaux et de burins. Des scènes d'émeute furent signalées non pas avec les forces de l'ordre, mais entre la foule venue encourager et les perturbateurs qui entendaient bloquer la course. La seule concession qu'on leur accorda fut de ne plus laver les voitures des équipes chaque soir après l'arrivée et de nettoyer moins souvent les vélos.

Fallait-il annuler la grande fête estivale qui réunissait les Français et les touristes étrangers ? Débattue à l'Assemblée nationale, la question donna lieu à des insultes proférées contre ce « monstre énergétique ». On encourageait la population à pratiquer le vélo pour combattre le dérèglement climatique. En revanche, on songea à bannir le cyclisme déclaré d'*inutilité publique*.

Ces opposants avançaient également des arguments humanitaires. Le nombre de coureurs victimes de malaises et de défaillances avait bondi en flèche. Un réalisateur tourna un film qu'il intitula : *On achève bien les coureurs*. Ce phénomène fut combattu avec des motos-fraîcheur. Elles formaient un deuxième peloton, surchargées de bidons que réclamaient les martyrs de la chaleur, le bras tendu, la bouche grande ouverte. Sur les photos qui les montraient liquéfiés, la peau cramoisie, ils se mirent à ressembler à des lézards géants. Ils ne buvaient plus l'eau distribuée, qui avait un goût de pisse, préférant s'en asperger le corps pour obtenir un semblant de réconfort. Les poches de glace glissées sous leur maillot fondaient presque aussitôt. Fallait-il attendre comme souvent qu'il y ait un mort ?

Leurs performances s'en ressentirent inévitablement. Mais qu'importaient les écarts, beaucoup n'hésitaient plus à s'arrêter en pleine course pour se jeter dans une fontaine ou dans un cours d'eau. On revit des scènes pittoresques qu'on pensait appartenir à un passé lointain. La hiérarchie fut également modifiée. Les plus résistants à ces conditions extrêmes trustèrent les premières places du classement général. Des champions sujets aux coups de chaud disparurent des podiums, certains décidant même d'abandonner leur sport. On vit apparaître des vainqueurs africains, relégués jusque-là dans les profondeurs du classement.

La recherche ne demeura pas évidemment inactive, obligeant les équipes à des investissements considérables. On travailla sur des textiles capables d'abaisser la température corporelle grâce à des fibres intelligentes de nature à générer une meilleure circulation de l'air. Des combinaisons furent mises au point, dotées d'une humidification automatique. Alors qu'on avait jusque-là enfermé les coureurs dans des caissons frigorifiques, des séjours leur furent offerts pour pédaler dans des étuves et les habituer ainsi aux conditions de course. Le dopage ne resta pas non plus les bras croisés. Puisqu'il visait à transformer le corps, on tenta d'améliorer sa réaction à ces chaleurs suffocantes. D'autres produits firent leur apparition, qui modifiaient le grain de la peau et la texture de l'hémoglobine. Les coureurs devaient devenir des animaux à sang froid. Des salamandres à même de survivre dans le feu, sur des itinéraires incandescents.

Les coureurs ne manquèrent pas de protester : ils en avaient assez d'être traités comme du bétail promis à l'abattoir de la canicule. Sensibles à leur malaise, les organisateurs envisagèrent de déplacer la course vers une saison moins exposée aux pics de température. Mais son succès populaire reposait sur ce calendrier estival qui coïncidait avec les vacances des Français et des étrangers massés sur le bord des routes. Comment renoncer à cette manne qui avait assuré le succès de *l'épreuve* ? Il fut envisagé de tracer les étapes au-dessus de 2 500 mètres, mais le manque de routes et d'infrastructures se révéla être un obstacle insurmontable. Du reste, même ces altitudes n'étaient plus épargnées par le réchauffement.

Il ne restait plus qu'à modifier les horaires. On hésita entre le matin et le soir. Mais le protocole, les contrôles, empêchaient les coureurs de s'élancer à une heure trop matinale. Partir en fin d'après-midi n'était pas non plus sans inconvénient. On arriverait tard, parfois à la nuit, même si on était en juillet, ce qui excluait les transferts des coureurs jusqu'à une autre ville départ pour le lendemain. Le temps de remettre les prix, de répondre aux interviews, d'aller au massage, tout le monde se coucherait après minuit. Mais le peloton aurait le loisir de faire la grasse matinée. Dans les hôtels, on commença à prévoir la mise à disposition des chambres froides où les coureurs pourraient patienter, l'après-midi, avant le départ. On trouva finalement un avantage à ce changement : les étapes, désormais retransmises en *prime time*, seraient suivies par davantage de téléspectateurs.

Le cyclisme était cependant un monde conservateur, qui tenait à ses habitudes et à ses rituels. On hésita longtemps à faire la bascule. Il fallut pour cela attendre la troisième étape de l'édition 2027, où deux coureurs furent foudroyés par un arrêt cardiaque bien avant d'avoir franchi la ligne d'arrivée.

Remerciements

Aux photographes de *L'Équipe*, Étienne Garnier, Stéphane Mantey, Bernard Papon, pour leurs très inspirantes images.

À Christian Prudhomme, Fabrice Tiano, pour avoir ouvert des portes qui donnaient sur le royaume de l'enfance.

À Stéphane Boury pour sa passion dévorante des lignes.

À l'équipe de *Pédale !* pour ses contrepieds et ses coups de rétro.

À Florent Barraco pour ses suggestions éclairées.

À Éric Alary pour ses encouragements prodigués au bord de la route.

À Guy Stavridès, enfin, pour son infatigable jeu de ping-pong, jamais pris en défaut.

Table des matières

Composition : Nord Compo

Achevé d'imprimer
sur les presses de la Nouvelle Imprimerie Laballery
58500 Clamecy

N° d'impression : 504438
Achevé dimprimer : mars 2025
Dépôt légal : avril 2025

Imprimé en France